中国—以色列
经典图书互译出版项目

回归以色列

一部埃及犹太人的小说

〔以〕奥莉·卡斯特尔—布鲁姆 著

王建国 译

外语教学与研究出版社
北京

纪念法比亚那·莱昂诺拉·海菲茨（1958—2011）

出版说明

2013 年 9 月和 10 月，习近平主席分别提出建设"丝绸之路经济带"和"21 世纪海上丝绸之路"，即"一带一路"倡议。这一倡议得到了国际社会的广泛响应。"一带一路"倡议赋予古老的丝绸之路精神以新的时代内涵，提出在沿线国家之间实现"互联互通"，即政策沟通、设施联通、贸易畅通、资金融通和民心相通。"国之交在于民相亲"，民心相通是实现"互联互通"的基础，而民心相通的前提是语言相通和不同文化间的相互理解。

"一带一路"倡议的提出，有力地推动了中国与世界各国之间的人文交流。2016 年 1 月，中以双方签署了《中华人民共和国国家新闻出版广电总局与以色列外交部在文学和翻译领域的合作谅解备忘录》（以下简称《备忘录》）。根据该备忘录，中以双方将在文学和翻译领域开展合作，中方将推荐中国作家的文学作品在以色列翻译和出版，以方将推荐以色列作家的文学作品在中国翻译和出版，并启动出版领域内的多项合作。2017 年春，在中国国家新闻出版署指导下，外研社组织中国和以色列两国专家调研论证，启动了"中国—以色列经典图书互译出版项目"。这一项目无疑将成为加深两国人民相互了解的桥梁，也为中国读者较为系统地了解以色列的社会文化提供了契机。

以色列历史文化源远流长，镌刻着强烈的民族记忆。我们本着经典性、人文性和时代性的原则，撷取以色列最具代表性的著作翻译出版，涉及历史、文化、文学、艺术等各个领域，以期反映以色列历史文化的总体风貌和文学艺术创作的最高成就。

虽经中外专家反复遴选，但要在以色列浩瀚的人文经典中选出最具代表性的著作，其过程恰似文海撷贝，难免挂一漏万。失当之处，敬请方家指正。我们相信在中以双方的共同努力下，这套丛书的出版将有力地促进两国人民的相互理解，书写两国文化交流、文明互鉴的新篇章。

外语教学与研究出版社
2021 年 4 月

目录

从尼罗河岸到雅尔康河畔　/　5

第一章　在卡尔库尔的婚礼　/　1

第二章　阿黛尔的旅行箱　/　11

第三章　薇薇安　/　21

第四章　成年人　/　34

第五章　坦图拉　/　43

第六章　小学　/　56

第七章　革命　/　70

第八章　猪年　/　77

第九章　女店员的成长　/　96

第十章　沮丧的冬天　/　106

第十一章　亲人去世　/　115

第十二章　入伍宣誓　/　121

第十三章　伯明翰之拒　/　127

第十四章　骚乱的春天　/　140

第十五章　露西娅　/　166

从尼罗河岸到雅尔康河畔

——读《回归以色列——一部埃及犹太人的小说》

富有家族史诗色彩的《回归以色列——一部埃及犹太人的小说》出自以色列杰出现代主义女性作家奥莉·卡斯特尔-布鲁姆之手，主要描写的是一个埃及犹太家族及其族群移民以色列并在以色列争取生存的历史，这部小说被评论界认为是作家最好的一部作品。该作品于2015年问世，并以其经典的叙事和富有独创性的技巧获得以色列重要文学奖——萨皮尔奖，已相继被翻译成法文、英文、意大利文和俄文。

一

卡斯特尔-布鲁姆是希伯来后现代主义小说的先驱者之一。

1960 年生于特拉维夫，父母是来自埃及的犹太人。她早年在特拉维夫大学攻读电影学，1987 年发表短篇小说集《离城市中心不远》，从此成为希伯来文学的代表人物之一。相继发表十余部文学作品，被翻译成十几种语言，曾经三次获得以色列总理文学奖和其他多种文学奖项。几乎每部作品都在文坛上引起反响与争论，评论界称卡斯特尔–布鲁姆的创作表现出一种不容忽视的挑战，把她当成最激动人心的希伯来文作家之一。

从文学传承角度看，卡斯特尔–布鲁姆虽身为女性，但其作品比较接近希伯来文学中的荒诞主义传统，而不是阿玛利亚·卡哈纳–卡蒙、露丝·阿尔莫格等老一辈女作家的创作。其第一部长篇小说《我在哪儿》（1990）是 20 世纪末期最为怪异的希伯来小说之一。主人公是四十岁左右的离婚女子，虽然生活富有，但缺乏一技之长，也没有进取目标，终日生活在虚空之中。后因一个偶然事件，她决定不再伤害自己的第二任丈夫，开始以打字为生，人也变得充满了活力。女主人公生存的虚空，恰是当代以色列人的生活写照。

第二部长篇小说《多莉城》（1992）被收入"联合国教科文组织代表作品集"，2007 年又被提名为以色列建国后最重要的 10 部文学作品之一，2013 年被美国杂志《塔布莱特》列入"101 部翻译成英文的伟大犹太作品"。小说主要写的是主人公多莉染上了一种怪病，其随心所欲的想象构成了作品的主要情节，但貌似扣人心弦的疯狂事件却似乎合乎逻辑。另一方面，作为年轻医师的多莉，她的家几乎变成了给动物们做手术的实验室。她有一个收养的弃儿，因担心这些动物会把疾病传染给孩子，于是便给他接种了各种疫苗。这种复杂的行为堪称过于关心孩子的一类犹太母亲的后现代主义变体。

在第三部长篇小说《米娜·丽萨》（1995）中，卡斯特尔-布鲁姆表现出前所未有的丰富想象力与幽默手法。小说的主人公米娜·丽萨是一个38岁的普通家庭主妇，住在以色列小城赫茨利亚，每天尽心尽力地照顾丈夫和三个孩子。作为家中的女主人，她有收拾东西、清洁房间以及偶尔做出牺牲的天赋，当然她的奉献并不那么廉价，她以自己的方式收取报酬。一切都似乎平静而安详。但是，自从丈夫奥维德的祖母弗罗拉搬来与他们同住后，宁静的日常生活节奏被打破。弗罗拉行为怪异，将女主人公每天送到房间的饭菜扔出窗外，吞吃女主人公过去写下的那些具有实验性的电影脚本手稿。后来，米娜从丈夫奥维德口中得知，弗罗拉是一位充满传奇色彩的老人。她生于1792年的克里特岛，经历了过去200年间发生的许多重大历史事件。剧本吃光后，米娜拒绝提供新的剧本，丈夫奥维德的生意随饥饿的弗罗拉健康状况的恶化而出现滑坡。米娜无奈，只得重新写起剧本，以便延续弗罗拉的生命和家庭生活的平静。

在这部充满荒诞色彩的现代小说中，卡斯特尔-布鲁姆非常注重女主人公自我意识的描写与内在心灵的剖析。米娜在从事电影剧本创作的生涯中受挫后，一度将关注的目光投向家庭、丈夫与儿女，但她在承担家庭主妇角色的同时，一直没有丧失自尊，希望自己所做出的牺牲能够得到丈夫和子女们的认同与回报。当照顾弗罗拉这一负担落到自己身上时，她将其视为家族责任，将弗罗拉当作"历史的一部分"。发现自己在风华正茂之年用心血写就的手稿被吞毁后，她气愤、心疼，努力寻找途径加以补救。跟随弗罗拉游历时，她念念不忘旧时的电影剧本作家梦。这在相当程度上折射出以色列当代女性在家庭与社会、事业与生活等多重角色转换过程中所无法回避的艰难抉择与矛盾心理。

与现代女性米娜形成对立与互补的另一个女性形象是200多岁高龄的弗罗拉。这个充满荒诞色彩的老妇身上体现出犹太人古旧的价值观念与美学理想。她因为极端恪守《摩西十诫》中的第五诫"要孝敬你的父母以便在尘世得到长寿"而得以长生，但在现代社会中，她又没有自己的生存位置，靠给别人增加痛苦与负担而苟延残喘，成为破坏力量的代表与象征。

二

阅读《回归以色列——一部埃及犹太人的小说》需要了解以色列建国初期的政治背景、特拉维夫居住区的分布情形以及

8

新移民融入以色列的背景。换句话说，这部看似十分以色列本土化的小说对于域外读者具有挑战性，但也具有强大的吸引力。对于素以现代主义创作方式赢得读者青睐的卡斯特尔–布鲁姆来说，这部小说再次打破了传统现实主义小说的线性叙事方式，它采用半写实半虚构的方式开篇，从 20 世纪 50 年代特拉维夫一银行女职员薇薇安即将举行婚礼写起，将以色列的特拉维夫和基布兹 ①、埃及的开罗以及中世纪的西班牙三个国家的四个叙事空间缀合在了一起。既回溯了大流散期间犹太人的历史，又与时下以色列现实建构了联系。

开罗作为主人公的成长背景以追溯的方式在作品开篇便展现在读者面前。按照叙述，薇薇安的家族曾经在埃及生活了数百年，或许数千年。这个家族属于以色列民族历史中唯一没有记述的氏族，即在摩西率领以色列人出埃及的远古时代，他们没有跟随摩西出埃及，而是留在埃及继续为奴。数百年后，他们才获得自由，成为猎人。15 世纪，在西班牙遭到驱逐的犹太人 ② 来到埃及，与这支一直留在埃及的部族融合在了一起。薇薇安本人和未婚夫查理也出生在开罗。查理是家里五兄弟中最小的一个，母亲因三个女儿相继死去而过度悲伤，不幸早逝，被葬在开罗。他在埃及参与了许多抵抗埃及政府的活动。后来，

---

① 基布兹是以色列的一种集体社区，过去主要从事农业生产，现在也从事工业和高科技产业。
② 1492 年，西班牙费尔南多二世及他妻子伊莎贝拉女王下令将全部犹太人驱逐出西班牙，以建立一个真正的天主教国家。

由于受到犹太复国主义者组织即书中所说的"青年守卫者"①的影响，成为犹太复国主义者。他与哥哥维塔抵达以色列后想在基布兹完成四年服务期，这样就等同于在军队服役了。从历史上看，早在20世纪早期，便有多种犹太复国主义报纸在埃及出版，为传播犹太复国主义理念起到了重要作用。但是一些青年人参加犹太复国主义运动的动机或是出于友谊，或是离开家庭，而不是要做"阿利亚"（移民）。

历史上的开罗与犹太人的关系对于中国读者颇具几分神秘色彩，由于开罗多年承担着中东政治、经济、文化中心的重要角色，那里的犹太人也一直在埃及犹太人中居于引领地位，而埃及犹太社区在阿拉伯世界中极为繁荣，仅次于伊拉克的犹太社区。从19世纪开始，欧洲行为与教育范式为埃及犹太人所接受。开罗作为一个空间实体，其叙事始于第七章。犹太复国主义的代言人——"青年守卫者"把开罗的犹太青年组织起来，训练其适应基布兹生活。在犹太复国主义话语中，流散地犹太人生活在封闭阴暗的环境中，严重地影响到其精神气质的形成。但这部小说却描写了犹太青年在尼罗河沿岸经历了人生第一次犁地、第一次施肥、第一次播种和第一次种菜，甚至走上街头

---

① 以色列建国初期，移居以色列的犹太人受苏联影响较大，有一些社会主义思想。"青年守卫者"是受社会主义思想影响较深的犹太青年形成的组织。

抗议法鲁克国王①，有这样的农耕与反抗经历的犹太青年在流散地的犹太人中显得超世拔俗，俨然成为"用双手建造家园"的犹太复国主义理念的践行者。正因为如此，读者才为这些埃及犹太人在以色列基布兹的遭际震惊不已。

基布兹是以色列一个特殊的群体，关于其特征我们在阿摩司·奥兹的早期长篇小说《何去何从》《沙海无澜》以及后期的长篇小说《朋友之间》中便可窥见一斑。但是需要说明的是，这部作品中的基布兹在制定一些具体决策时需要集体表决，比如针对如何处理维塔妻子阿黛尔的手提箱，基布兹集体投票。这种集体投票的方式貌似具有某种民主的色彩，但是在针对赞成还是反对布拉格审判这一问题进行投票表决时却显示出个别基布兹的民主并非真正的民主。

布拉格审判是 1952 年在捷克斯洛伐克首都进行的一场公审，被告多为犹太人，他们被指控结成托洛茨基主义—铁托主义—犹太复国主义联盟，为美帝国主义服务。基布兹左派赞成这些指控，其中的埃及犹太人过于天真，认为在基布兹这样具有言论自由的场所可以按照自己的意志投票，因此在投票时没有听从"全国基布兹运动"组织的建议。其结果，23 位投票赞成布拉格审判的埃及犹太人以及另外的 60 名同胞被基布兹驱

---

① 1937 年 7 月埃及国王福阿德·法鲁克登基，称为法鲁克一世，建立了法鲁克王朝。1952 年，因不堪忍受法鲁克王朝的昏聩统治和英国殖民主义者的压榨，以纳塞尔为首的"自由军官组织"率众揭竿而起，推翻了法鲁克王朝。

逐，甚至被安上反对犹太复国主义的罪名。遭受驱逐给这些埃及犹太人的人生带来阴影，他们在余生中对这段遭际讳莫如深。

驱逐事件把埃及犹太人变成具有新思维的城市人。这便是小说主要描写的埃及犹太人的第三个生存空间——特拉维夫以及霍隆等周边城市。有些人定居在特拉维夫的雅尔康河畔，为的是追忆埃及的尼罗河。当然，尼罗河作为开罗的母亲河尽显其大都市气派，相形之下，特拉维夫的雅尔康河则显得十分窄小，这样的文本类比也显示出埃及犹太人在以色列地位的沦落。遭驱逐的埃及犹太人在新环境中白手起家，打工挣钱，购置家产，为的是为自己营造安定的生活环境。必须承认，在融入大都市生活的过程中，他们也在接受以色列这座大熔炉的铸造，改变着自身。比如，曾为基布兹成员的埃及犹太人丽泽特自从在市立学校当上法语和英语老师后就不再逐一回答每个人的问题，而且她的观点也发生了剧烈摇摆。在教师办公室，她听到了与基布兹和埃及帮①完全不同的观点。她像所有被赶出的人一样，也陷入了迷茫：对驱逐事件守口如瓶，即使偶尔说说，也是在极其私密的场合。

富有反讽的是，在基布兹驱逐埃及犹太人之后，作家便描写了埃及犹太人祖先于 1492 年在西班牙遭受驱逐的经历。在某种程度上，中世纪的西班牙堪称小说的第四个地理空间，在

---

① 埃及帮是指从埃及移居到以色列的犹太人。

这一空间发生的人与事不仅展现了犹太前辈在流散地的屈辱经历，又与时下生活形成互文。卡斯特尔-布鲁姆引用了伯克利大学约纳坦·扎迪克的研究成果，说1492年是猪年，西班牙从它的胃里吐出了猪的两大敌人：犹太人和穆斯林。小说中的卡斯蒂尔家族于是抛弃家族生意，举家逃离，直奔葡萄牙。但融入葡萄牙犹太人之念，不过是痛苦的幻想。他们在葡萄牙被当作难民，住进难民营。随之，作者又将历史事实带入文本，叙述葡萄牙当局屈服于压力，将犹太人再度驱逐。在恶劣的环境中，卡斯蒂尔家族中有的人被迫改宗，有的人被卖身为奴。于是他们又返回了他们喜爱的托里城，甚至在牧师的帮助下，找回了卖身为奴的女儿艾丝特。艾丝特建议家人在托里城养一群伊比利亚猪，因为养猪不仅利润丰厚，而且证明他们已经彻底改变了宗教信仰。而对艾丝特养猪与遭受迫害的描写更具有象征色彩与荒诞成分，既表现出卡斯蒂尔家族的耻辱，又喻示出民族的悲怆。

三

如果说开罗叙事、基布兹生活更多的是从民族主义视角展现埃及犹太人群体遭际的话，那么他们在特拉维夫的奋斗史则更加具有个体色彩。作为一位来自埃及犹太难民之家的后裔，卡斯特尔–布鲁姆以高超的笔法通过对个体人日常生活的描绘展现出其背后的文化归属。举例说来，维塔夫人阿黛尔的母亲是阿什肯纳兹犹太人①，也就是欧洲犹太人，但阿黛尔似乎并不以此为荣。她也不想移居以色列，其长远打算是待在法国，在那里接受高等教育，学习化学，但是出于爱维塔，便追随他来到以色列，因为维塔不仅英俊帅气，而且足智多谋，是"青年守卫者"组织中的积极分子，被称作埃及犹太人追求正义的战士。

正如小说所述，维塔出生于典型的塞法迪犹太人②之家。据史料记载，一部分塞法迪埃及犹太人 12 世纪开始定居埃及。1492 年被驱逐出西班牙后，许多塞法迪犹太人来到当时的奥斯曼帝国，还有一些人去往埃及。后来，又有一些塞法迪犹太人从奥斯曼帝国去了埃及。19 世纪，又有一些欧洲犹太人（阿什肯纳兹）为逃避欧洲反犹主义浪潮的迫害到了埃及。同一民族的两大支派于是在埃及交汇。

作品没有像许多现代希伯来文小说那样展现阿什肯纳兹犹太人和塞法迪犹太人之间的矛盾，也没有过多彰显阿什肯纳兹犹太人的优越感。与之相对，通过阿黛尔父亲因娶了一个德国阿什肯纳兹犹太姑娘被逐出了塞法迪犹太人家庭的遭际，烘托

---

① 泛指欧洲犹太人后裔，大多居住在欧洲和北美国家。
② 泛指伊比利亚半岛犹太人后裔，大多居住在摩洛哥、阿尔及利亚、也门等阿拉伯国家。

出塞法迪犹太人的荣光。其原因既是族裔的，又是经济的。相关研究表明，埃及塞法迪犹太人比阿什肯纳兹犹太人更加富有，在许多领域功成名就，因此便认为阿什肯纳兹犹太人低人一等。小说中也曾提及埃及犹太人和其他东方犹太人不一样，这种不同表现在社会阶层与生活习惯等多个层面。从某种意义上，阿黛尔深为能够嫁给维塔这样一个优秀的纯种塞法迪犹太男人为荣。可以这样说，阿黛尔既不是犹太复国主义者，也不热爱基布兹，她之所以留在基布兹，完全是出于爱情，也就是说，阿黛尔从本质上依旧向往的是阿什肯纳兹犹太人追求的高雅生活。著名作家雅科夫·沙伯泰的妻子也不喜欢基布兹，再三要求丈夫前往具有现代色彩的特拉维夫生活。阿黛尔虽然在行为上没有离开基布兹，但她选择基布兹并非出于犹太复国主义者们所尊崇的价值取向，在她看来，基布兹并没有出路，只是因为维塔喜欢这样的生活，她才待在那里，因此结束基布兹生活在她个人看来是一件幸事。但是，作家也没有回避夫妻日常生活中常见的阿什肯纳兹与塞法迪夫妇之间在生活习惯上的矛盾：

　　维塔狼吞虎咽，他要在与妻子吵架之前把每道菜都品尝一遍。吵架可能会持续到深夜，甚至持续到第二天，谁知道呢？但是这阻止不了他从弟弟的饭菜中品尝妈妈的味道。

寥寥数语，展现出一种跨族裔婚姻内部的生活习惯细部差异与问题。这些问题延展开去，便可暴露出族群之间不同的生活方式与生活习俗。

这些被基布兹驱逐的埃及犹太人在城市里打拼，终于加入中产阶级行列。维塔成为银行的高级经理，职位还在上升；阿黛尔成为魏茨曼科学院的一位化学家。查理在航空公司当会计，也属于中产阶级。薇薇安在银行工作了52年，从最初的银行打字员变成国际事业部的职员。退休后依旧在贷款文件部工作，按时取酬。但是新技术时代开始后，她就不再具有优势了。伴随着第一代移民的奋斗、立足、老去，第二代乃至第三代逐渐成长起来，比如查理和薇薇安的女儿米娅（亦被称作"长女"）成为作家，维塔和阿黛尔的女儿奥塔尔（亦被称作"独生女"）却患上难以治愈的疾病，英年早逝。岁月荏苒，维塔已经死去，阿黛尔孤苦无依（女婿继承了女儿的房产后禁止外孙女与她往来），下一代的教育、交友、参军、成长与人生中的喜怒哀乐也成为穿插在第一代埃及犹太人的以色列叙事中的话题。逐渐，第二代不再是以色列的埃及人，而是真正的以色列人。

四

小说结尾处，卡斯特尔-布鲁姆再次讲述了今日犹太人在埃及的故事。这段叙事的中心人物为法利德·阿姆拉维，这位天资奇特、在开罗大学获得学士学位的埃及青年在以色列与埃及签署和平协议之后获得奖学金到特拉维夫大学读书，感受到从未有过的自由。当他回到埃及祖国时已经能够讲一口流利的希伯来语，为前来埃及旅行的以色列游客担任导游。他熟悉犹太人在埃及的历史，在参观完金字塔和埃及博物馆等代表性坐标后，会带这些犹太人前去参观会堂顶上建有藏书阁的本·埃兹拉犹太会堂。这个古老的犹太会堂见证了犹太人在埃及的生存。更令以色列人惊奇的是，阿姆拉维熟悉圣经中的《以斯拉记》和《尼希米记》，了解犹太人历史上的几次论战，而许多以色列人对此却知之甚少。

但是，叙述本身没有在阿姆拉维为自己购置房产后戛然而止，而是将笔锋推到 21 世纪"埃及之春"及其后果。阿姆拉维在街上参加抗议时与死亡擦肩而过，其导游的工作也大受影响。已经不再有以色列人公开留在埃及，其他国家好奇的游客也几乎不再来观光，甚至连阿拉伯国家的游客也不再来。阿姆拉维失去了聊以为生的职业，但在潦倒之际应聘到开罗动物园的一个职位，在那里邂逅了前来喂食动物的犹太女子塞莱斯特，后者的母亲曾经是埃及犹太社区领袖，家世显赫，她们把自己视为埃及犹太人，是埃及公民，避免与以色列有任何往来，甚至将以色列使馆的邀请函直接扔进垃圾桶。虽然在那个时代或多或少会受到犹太复国主义的影响，塞莱斯特和她母亲仍旧选择埃及犹太人身份，而不祛除"埃及"二字表明她们已经接受了埃及社会与文化。但充满悖论的是，母亲去世后塞莱斯特与当地埃及犹太人也失去了联系，故而成为社会的格格不入者，她几乎成为业已消失的埃及犹太社区的唯一遗迹，不会打理母亲留下的产业，不会支付账单，甚至因此遭到当局没收财产的通告，这在某种程度上暗示埃及犹太人基本上失去了在现代埃及社会的生存能力，行将走向末路。

综上，卡斯特尔-布鲁姆采用一种反传统的书写方式，把历史与传记因素结合起来，书写家族历史和族裔身份。与其他家族叙事一样，《回归以色列——一部埃及犹太人的小说》写到了家庭聚会与欢乐、故事与传说、死亡与葬礼以及那些无法言状的林林总总，表现手法诙谐而睿智，表现出作家独特的文学才华。

中国社会科学院外文所　钟志清
2021 年 2 月于北京

第一章　在卡尔库尔的婚礼

"他说他开着拖拉机从田野里过来"，薇薇安在银行的洗手间里，一遍遍默念着。同时，她一边端详着镜子里的自己，一边梳理头发。她心情不好，头发也梳不好。可无论如何，今天是她结婚的日子啊！虽然没有婚纱，而且所有活动安排在卡尔库尔的拉比 ① 家里，走个形式而已，但这毕竟是婚礼啊！要摔杯子的，要发誓约的。从现在起，她与别人没有什么区别，与那些脱离了埃及帮的人没有什么区别。她们有的已经怀孕，有的已经孩子满地跑了。不能再拖下去了！她的姐妹也不会有什么区别！她们俩已经在开罗华丽的天堂门犹太会堂举办了婚礼。她十分伤心没能到场参加她们的婚礼。当时她已经来到了以色列，在基布兹里了。

---

① 拉比指受过正规宗教教育、熟悉《圣经》和口传律法而担任犹太教会众精神领袖或宗教导师的人。

1

薇薇安 26 岁，落在了所有人后面。我的天啊。

查理是五兄弟中最小的一个，他们兄弟五人在 20 世纪上半叶一个挨一个出生在弗洛尔和大卫·卡斯蒂尔家。在这五兄弟之前，夫妇俩还有三个女儿，她们都相继死去了，因为当时没有好药给她们治病。一个在七岁时死于斑疹伤寒，另一个在十岁时死于天花，还有一个在十一岁时死于阑尾穿孔。他们的母亲弗洛尔在五十岁时因为过度悲伤而死去，埋葬在开罗，而不是像薇薇安起初以为的那样埋葬在加沙。

薇薇安的母亲也叫弗洛尔，但是薇薇安的家族已经在埃及生活了几百年。几百年足够长，也许已经几千年了，因为很显然，正像母亲弗洛尔对她说的那样，他们属于那个氏族，那个在以色列民族历史中唯一一个没有记述的氏族。他们拒绝在摩西带领下离开埃及，而是留在埃及继续为奴。几百年之后，他们才获得自由，成为猎人。在西班牙驱逐犹太人、犹太人来到埃及时，他们很快与这些犹太人融合在一起，因为他们冥冥之中以一种神秘的方式感觉到，他们有某种古老的联系。

查理是个身材瘦削的小伙子，非常腼腆，总是沉浸在个人的世界里。他没有从三个姐姐相继死去的悲伤中走出来。母亲的去世对他的影响尤其巨大。直到去世前的最后一天，母亲依然紧紧搂着她的第八个孩子，老年得来的儿子查理。

看到查理沉默寡言，目光迟滞，不停地吸烟，薇薇安意识到，他还沉浸在对往事的怀念之中。她相信，恰恰由于这种创伤，查理作为一个家庭成员，会甘愿为一个家庭做贡献，会努力为家庭寻找稳定的收入，而且不会像她两个兄弟那样大喊大叫。小时候，在开罗赫利奥波利斯街区，总能听到两个哥哥的尖叫声，以至于薇薇安和她的两个姐妹，塞西尔和索兰吉，走在街上都感到不好意思。

薇薇安期望他不要打她，不要背叛她。如果打她，她尚可接受——尽管不能保证不做痛苦的报复。但是如果背叛她呢？他和她会有共同的朋友，他们会知道他的背叛吗？由此带来的耻辱，她是无法承受的。

她永远无法忘记，东窗事发的那天，母亲对父亲发飙的情景。原来父亲一直把他的工资分成两份，尽管并不是完全平分。虽然说没人提起父亲在大家眼皮底下做了 20 年的事，但是几乎所有人都心知肚明。在薇薇安这里，绝不能发生这样的事，哪怕类似的事情也不允许。她会时刻瞪大眼睛盯着，不管是白天还是晚上。好吧，也许会出轨一次，最多两次，但是持续 15 年甚至 20 年，还有孩子？她和姐姐坐在瑞驰咖啡馆聊起各种蛛丝马迹，搞不清楚她们的母亲怎么可能没有注意到。经过深入分析，她们得出的结论是：母亲的精力完全放在抚养大儿子身上了。

查理的哥哥维塔已经与阿黛尔结婚，阿黛尔的姐姐也已经嫁人。阿黛尔不喜欢吃煮鸡蛋的硬蛋黄，她对基布兹里埃及帮的所有人都说过，她是半个阿什肯纳兹人。在餐厅，人们总是给她两只鸡蛋，因为知道她只吃蛋白，总是把蛋黄给她丈夫，也就是薇薇安未来的大伯子。薇薇安不明白，她是半个阿什肯纳兹人和她不喜欢吃蛋黄有什么关系呀，但是阿黛尔总是在餐厅里把这两件事相提并论。

6点钟，她应该赶到拉比家。虽然拉比来自伊朗，但是婚礼不是波斯式的而是无宗派的。薇薇安不在乎演奏什么曲子，重要的是赶快结束目前状态，像大家一样结婚生子。查理也对她说他不在乎演奏什么曲子。他带来一些钱，准备悄悄地送给拉比，这样，拉比会尽心尽力做好自己的工作，帮他们顺顺利利完成婚礼，不给他们添麻烦。在薇薇安看来，查理有点过于反对宗教，他全身心投入到一件事情里，那就是"青年守卫者"组织。

薇薇安心里盘算着，她应该最迟在3点钟离开特拉维夫，要在卡尔库尔的拉比家盥洗室里对着镜子化好妆。她要带上自己的所有化妆品，不是很多。谁给她拍照？当然不是她自己。

她回到自己工作的银行，对上司说：

"今天我需要早一点下班，孔弗提先生。"这是保加利亚人的名字。

"为什么？"孔弗提先生问。

"我今天有个婚礼要参加。"

"大家常常都会参加婚礼，每个人每次都提前下班吗？那么这一天的工作岂不没法干了？"孔弗提说。

"不，不。是我自己的婚礼。"她向来很腼腆，但是内心始终热情似火。

"你？"孔弗提十分惊讶，"今天？"

"对。在卡尔库尔。为了按时到那里，我必须早点出发。我坐埃盖德公司的公交车过去。"

"哪种婚礼呀？"

"拉比主持的婚礼。快得很。明天我来上班。"

"新郎是哪里的？"

"在基布兹，在那里服务。"

"可你在特拉维夫？"

"婚礼之前吧。"她暗自笑了笑，甩开脑子里的杂念，省得它在哪个恼人的地方再翻腾出来。她不知道婚礼之后会是什么状况。他们没有说过。她有自己的愿望，可是他们什么都没确定。她和整个埃及帮一起离开了艾因舍莫尔基布兹。而他却想在基布兹完成四年服务期，这样就等同于在军队服役了。基布兹生活完全迷住了他，特别是种地和下厨房。

奇怪呀，薇薇安心想，这个人两三年前是那么骄傲和独立，曾经头戴土耳其毡帽在开罗大街上参加左派的游行示威，高喊反对法鲁克国王的口号。在他身上，薇薇安看不到缺点，充满阳光——虽然说，是他们那帮人，一夜之间把她的家从高档社区赶到了平民社区。这样一个人，好像没有脊梁骨似的，变成了一个犹太复国主义者，一个突然爱上基布兹生活的人，简直完全脱离了薇薇安的思维逻辑。她有生以来追求的那一时刻终于到来了：属于自己的东西不必再与姐妹们和埃及帮成员们分享了。

埃及帮成员来自开罗的不同街区。"青年守卫者"组织将他们团结在一起，带领他们离开埃及，来到了以色列的基布兹。现在基布兹用大轿车把他们运到哈代拉，不知道接下来会发生什么。表面上看好像很清楚，在婚礼之后，查理会加入他哥哥维塔以及其他成员的行列，他们已经在大城市特拉维夫或者新城市霍隆安定下来。霍隆的住宅区越建越多。

"你现在走吧。"中午一点，保加利亚上司对她说。他对她太好了。"准备婚礼的时间要充足一点。穿上婚纱。"

"我没有婚纱……"薇薇安笑道，"就这些衣服……"

她有些窘迫，给他看了看袋子里非常漂亮的灰白色两件套和时髦的高跟鞋。十分迷人。

"祝你好运。"孔弗提慢慢地说。突然，他好像在提醒她，又好像在提醒全世界，他喊道："我不明白，为什么你不休息一天呢？"

"不需要。"薇薇安说道，她不好意思地低下头。

"你一点一刻走。去卡尔库尔的公交车是什么时候？从哪里发车？"

"两个小时一班，双数时间发车，在中央车站。"

"你搭两点的车，"上司担心地看看表之后说，"婚礼几点开始？"

"六点，在拉比那里……"

他的脸沉下来。

"那么在接下来的时间里你做些什么？"

"不用担心。"

她在一点半钟离开，留出时间到理发师那里把头发整理了一下，非常漂亮，足以保持到卡尔库尔。理发师答应她可以分两期付款，这个月一次，下个月一次。她很高兴，因为她的头发本来很难打理的。查理没有这样的头发，因为遗传的原因，他和他的四个兄弟——她大多都见过——全没有。薇薇安非常希望将来他们生下的孩子有他那样的头发，尤其是女儿，这样的话，等她们长大了，就不必把钱花费在打理头发上了。总而言之，薇薇安希望孩子们遗传他的更多一些，虽然说她对他并不怎么了解。因为哥哥总是贬低她，弄得她对自己失去了自信。

从容貌上说，如果他们生了女儿，当然希望她像自己的漂亮姐姐，如果是儿子，希望他像她高大英俊的大哥。小时候，这个大哥总喜欢让别人把东西放在托盘里给他端到床上去，她拒绝给他服务，他就在晚上打她，理由是，他就想这样。每隔一个晚上，他便会在睡觉时从他和弟弟的房间出来，走进女孩子的房间，对她大喊大叫，并且照死里打她。全家都会被她的哭喊声吵醒。由于全都是在大家沉睡当中发生的，很难把他和她拉开。睡梦中发生的这些事，长兄给她造成了深深的精神创伤。

在衬衫外面，薇薇安套上了一件外套，因为今天特别冷。她打算婚礼之后马上把外套送给她的姐姐。姐姐和她丈夫住在耶路撒冷。这次在卡尔库尔的婚礼，她甚至没有梦想过要邀请姐姐参加。她就是前面说的那个漂亮姐姐。她丈夫一脸大胡子，头脑冷静，从不信口开河，与人争论时总会引经据典，信手拈来，或者向对手投去犀利而骇人的目光。

到了拉比家，差一刻六点，没有人给她开门，因为家里没有人。薇薇安小心翼翼地坐在门口的石头栏杆上，从包里掏出小镜子，补了补理发师免费为她化好的妆，又吸了一支烟。拉比在差五分钟六点时回来，把她让进客厅。查理稍后也到了，开着一台拖拉机，两个薇薇安不认识的姑娘一左一右扒在拖拉机两边。他身穿白色短袖衫，工装裤，干干净净的，散发着高级须后水的味道。须后水他一直保留着，那是他们来以色列途中经过法国时买到的。他把一点点存货藏在基布兹一个仓库里很隐秘的地方。他有一串沉重的钥匙，可以打开所有仓库的门，他的存货得以瞒过所有守卫。这一次，他没有带他那一大串钥匙。可以肯定，他是带着不情愿的心情把钥匙交到可靠的人手上的。

"开着拖拉机从田野里来到婚礼上……"薇薇安默默自语。还来了一些人，但都是走普通公路过来的。也许从以色列中部赶来的每五个人里，就有一个是铺路人，他们走自己铺过的公路过来参加薇薇安和查理的婚礼，总共来了十二个男人女人。为了凑够祈祷班所需人数给新人吟诵七个祝福，男人们纷纷跑到大街上拉来路人当志愿者。

在婚礼仪式进行中，常常发出阵阵笑声，某个人说了句什么，大家便哄堂大笑。在整个婚礼过程中，薇薇安自己始终保持着笑容，但是一直没有露出牙齿，以免别人发现她的牙齿不如从前整齐了。查理倒是心不在焉的，他像个不注意听课的小学生似的，头一会儿转向这边，一会儿转向那边。连拉比也在提醒他，不要扰乱自己的婚礼，要保持安静。新人接吻匆匆而过。在人们准备散去时，查理对薇薇安说：

"你跟维塔和阿黛尔一起回特拉维夫吧，我跟米丽雅姆和弗拉一起回基布兹。"

他说的是法语。"我在基布兹还要服务两个星期，每天跑来跑去太傻了。再过两个星期我过去。"

"没问题，"薇薇安同意他的话，"每天跑来跑去是太傻了。"

　　她本来期待他至少当天晚上跟她一起回特拉维夫的，一起消遣，一起睡觉，第二天一早他搭第一班或者第二班公交车去基布兹。她不能再陪他，因为她没有事先告诉同事们，可现在连第一天也根本不可能了。

第二章　阿黛尔的旅行箱

　　阿黛尔丝毫不关心犹太复国主义，也不关心基布兹，不关心斯大林。什么犹太复国主义呀，共产主义呀，社会主义呀——在她眼里统统都不关她的事，都必须烟消云散，才能让一切干干净净，让位给生活中真实的事物：爱情、安宁、美丽、美食以及适当的（永远不会过分的）漂亮衣服，如果必要的话——时间证明确实必要——还有医生。

　　阿黛尔其实不想移居以色列。虽然说她积极地参加了"青年守卫者"组织在开罗贾布斯分支的活动，但这一切完全是为了导师维塔。她的长期计划是待在法国，和她的同母异父妹妹比阿特丽斯在一起，在索邦学院接受高等教育，学习化学。

　　只是由于爱情的力量，她太爱帅气优雅的维塔了，所以才改变初衷，来到以色列，从此开始她的动荡生活。维塔追求平等和手足情谊，是"青年守卫者"组织开罗分支严肃认真的积极分子，渴望到以色列来。他以真正的爱情回报于她，许她到地老天荒。

作为一个姑娘，她确信他是一个特别的、难得一见的青年，再没有第二个像他一样的人，值得为他改变一切计划，帮他实现全部理想。一定要抓住他的心。

阿黛尔的父亲被逐出了他的塞法迪犹太人家庭，因为他娶了一个德国阿什肯纳兹犹太人姑娘。他在阿黛尔两个月时去世了。现在她阿黛尔自己有了一个优秀的纯种塞法迪犹太男人，心里的高兴劲儿就别提了。阿黛尔更了解维塔家的历史，相比之下，薇薇安对查理家历史的了解则少得多。实际上，维塔和查理有一样的家族历史，只是查理从来也不讲，因为他丝毫不感兴趣，而维塔却是一遍又一遍地逢人便说。

在西班牙驱逐犹太人时期，经过激烈动荡遭受巨大损失之后，维塔的祖先一家七兄弟登上一条船，然后换了一条船，可能又换了一条船，最后到达加沙一个港口。他们在这里定居下来。维塔的先人祖祖辈辈为了维护犹太传统而奋争，在遭到多年阻挠之后，什穆埃尔·卡斯蒂尔拉比成为在加沙建立犹太会堂的第一人。

虽然阿黛尔有生以来第一次从她爱人维塔嘴里听到关于犹太传统的故事，但她马上意识到，这是历史事实。作为具有敏锐科学头脑的未来化学家，她懂得事实和数据所具有的价值。

一般情况下，她不会说谎，即便在不得已的情况下不得不说谎，她也会立即转移话题。

关于七兄弟在西班牙驱逐犹太人之后，乘坐一条船又一条船，辗转抵达加沙海边的浪漫历史记录，加上维塔那一头浓密的头发和深褐色的皮肤——虽然在日晒后会变成红色，而不会因色素沉着变成家族纯粹标志的棕色或者黑色，特别是他那种奉献精神，彻底征服了阿黛尔。她知道，她这一生得到了一张王牌。

他讲话的可信度和说服力，以及他给予她抵御外部世界的安全感，使她忘记了索邦，忘记了巴黎（但是没有忘记化学）。如果有人必须钻进牛肚子下面去挤奶的话，那么她会带上母亲给她绣上花朵的干净枕头，俯下身子躺在干草之上；她会躺在一群难以忍受的罗马尼亚女移民中间，不戴手套给母牛挤奶，因为戴着手套她根本挤不出来，只能用裸露的手指。当然，这完全不符合她的德国母亲教导她的卫生规则。

"既不是这个，也不是这个。"阿黛尔回答着拉比的问题。拉比从帕尔戴斯哈纳来到艾因舍莫尔基布兹埃及帮的小屋，给她和她的维塔证婚。她的，还有呢？在同一时刻，还有六对结婚的新人。拉比拿起戒指套在一对又一对新人的手指上。

拉比重复了一遍他的问题。阿黛尔已经在基布兹的补习学校学过希伯来语，她明白拉比是在问，她是阿什肯纳兹犹太人还是塞法迪犹太人。

"既不是这个，也不是这个。"她又说了一遍，"我知道我两个月的时候父亲去世了。"

拉比因而接着问，她母亲与她父亲结婚前姓什么，她父亲的全名是什么。他很快发现，阿黛尔从她父亲方面来说属于塞法迪犹太人，从她母亲方面来说属于德国阿什肯纳兹犹太人。

婚礼一个星期之后，维塔突然被派去挤牛奶，见识过一帮罗马尼亚挤奶姑娘的阿黛尔很是担心。阿黛尔认为，女人漂亮程度由她的皮肤白皙程度决定，而罗马尼亚女人皮肤比她白，所以她们更漂亮。对她们来说，生活实在枯燥乏味。她们都是些十六七岁的姑娘，维塔要在早上叫醒她们。如果她们这些女神自己起不来，如果敲她们宿舍的门还是不能叫醒她们，维塔有权打开房门，进入房间，轻轻把她们摇醒。

整整一个基布兹怎么了？她觉得不可思议，怎么能让一个已婚男人，走进什么零件也不缺少的姑娘的房间，摸着她们的身子，叫她们起床去挤牛奶呢？

轮过挤牛奶工作之后，又轮到维塔去放羊。只有在这个时候，当维塔和羊群在一起的时候，阿黛尔才能平静下来安心睡觉。

来到这个新地方，她肩上的负担过于沉重，但是维塔却喜欢这样的生活。照她看来，在基布兹是没有出路的。她不得不穿上那些从仓库里拿来的脏兮兮的衣服，却眼巴巴地看着尼娜或者哈亚拉，穿上她在法国给自己买的裙子。在来到以色列这个穷乡僻壤之前，她们在法国位于巴黎和第戎之间的勃艮第那里的拉罗什农场参加过数周"训练"。尼娜非常喜欢穿连衣裙，哈亚拉则比较随意：阿黛尔不明白，为什么这个哈亚拉整天胡吃海塞，身材却依然那么苗条，也许是因为她整天喋喋不休的缘故吧。

阿黛尔的连衣裙是装在她的旅行箱里随她一起来到以色列的。当她必须——此时已经在基布兹了——和同伴分享个人财产的时候，她着实为她的旅行箱争斗了一番，但绝不是为了争夺旅行箱里装的东西。围绕这个旅行箱，在埃及帮的宿舍里展开了一场激烈的争论。会议主席这一次站在了高个子丽泽特一方。丽泽特在财产分配问题上非常激进。阿黛尔拼命力争她的旅行箱，好像争的不是旅行箱而是黄金一样。她宣称世界上没有社会主义，而丽泽特则以疯狂的激烈言辞予以回击。

这是一个漂亮的硬质旅行箱，格子图案，打开后有一隔层，分成许多小格子和小抽屉，小抽屉的把手像钻石一样晶莹透亮，难得一见。对阿黛尔来说，这只旅行箱极具情感色彩：这是在她去拉罗什农场参加训练之前，妈妈和她一起整理的。

她拒绝听取丽泽特关于旅行箱的任何意见。既然大家已经来到基布兹，既然大家打算留在这里五十年、六十年，对不对？那么她阿黛尔保留这个母亲给她的旅行箱作纪念，跟她丽泽特有什么关系？更何况她在接下来的五十年里不会到任何地方去旅行了！

过了一天，丽泽特组织了一次投票，赞成或者反对。她知道阿黛尔无力反驳，因为丽泽特很会讲话，会提高嗓门，会用手指敲桌子，而阿黛尔却不是一个能言善辩的女人，只不过是一个守着瓶瓶罐罐的未来化学家。

她没有埋怨维塔不来参加关于旅行箱的讨论，因为当时他正在内盖夫修公路呢。这是罕见的一次，她一个人在战斗。幸运的是，在投票的时候，维塔来了。薇薇安、查理、罗莎、芭芭拉、亨利埃特、布鲁诺、丽泽特、奥黛特，大家都参加了。但是，在这次投票中，她因一票之差失去了那个旅行箱。当然她不知道这一票是谁的，因为是不记名投票。

这是1951年。过了大约一年又几个月，"全国基布兹运动"组织在所有基布兹中进行了一次"referendum"（公民投票），显然，当时还没有发明希伯来语"Mish'alah"（公民投票）一词。基布兹成员投票表决赞成还是反对布拉格审判——在捷克斯洛伐克首都进行的一场公审，被告大多数为犹太人，他们被指控结成了托洛茨基主义—铁托主义—犹太复国主义联盟，为美国帝国主义服务。这些犹太人中还有两个以色列人也去了布拉格，其中一个来自"全国基布兹运动"组织。他们在布拉格遭到逮捕，被指控从事针对苏联的间谍活动。基布兹中的左派人士相信这些指控，赞成进行审判，其中包括埃及帮的一部分人：作为忠于"人民的太阳"斯大林的共产党人，他们相信托洛茨基主义—铁托主义—犹太复国主义联盟是为美国人服务的。埃及帮成员以为，他们可以按照自己的意愿投票。他们或者坚持思想自由，或者坚持忠于党和斯大林，或者两者都坚持。不知道等待他们的是什么。

然而世事难料，大约三年之后，那些赞成布拉格审判的基布兹成员，被迫离开了原本打算在里面终老一生的基布兹。一辆大巴车运送这些被驱逐的人，前往哈代拉中心汽车站。车上有23名支持布拉格审判的埃及帮成员，还有大约60个支持他们并与他们共进退的朋友。查理既不属于前者，也不属于后者。凡是记得当年大巴车尺寸的人，无疑都会惊叹：他们从来没有见过如此拥挤的大巴车。阿黛尔最先上了大巴车，在她向后转身的时候，看见高个子丽泽特跟在身后也上了车。她头发剪短了，显然出自非专业人员之手，手里提着那个旅行箱。阿黛尔怒气冲冲地靠过去。

"变样了。"她对她说。

丽泽特苦笑一声说道："晚上我自己剪的，乔替我修了一下后面。看上去还行吧？"

"要是我的话，会去找理发师，把那些不合适的地方整一整，"阿黛尔说道，"但我说的是这个旅行箱。"

"哦，旅行箱，"身高 1.8 米的丽泽特说道，"里面乱七八糟的。我不知道他们怎么弄的。看来是放在儿童之家当玩具柜给他们玩了。"

"放在儿童之家？"阿黛尔惊呆了。

她们用法语交谈。

"她们把我们扔出基布兹，因为我们破坏了集体意识。而你却抱怨他们把你的旅行箱放在儿童之家？"丽泽特生气地说，"醒醒吧，阿黛尔。你还没睡醒吗？"

丽泽特总是比别人先行几步，跟她争论没有意义。但是阿黛尔如何向在特拉维夫中心车站接她的母亲解释呢？带抽屉的像衣柜一样的旅行箱为何不在她手上？如果丽泽特那么高个子一个人，手提旅行箱在特拉维夫中心车站转一转的话，旅行箱这么特别，提着它的人又这么显眼，这绝不会逃过母亲的眼睛的。

阿黛尔越来越担心，越来越抓狂。在去往哈代拉的大巴车上，她坐在维塔身边，小声和他说着这个问题。维塔站起身，从过道挤过去，站在离他们不远处坐着的丽泽特和她丈夫乔身边。

"你们去哪里？"他问道。

"特拉维夫，"丽泽特回答道，"薇薇安已经在沙巴兹给我们找到一套一间半卧室的房子，厕所在室外。你们去哪里？"

"暂时去我妻子的母亲家，在霍隆。她和阿黛尔的哥哥住在一起。房子他们刚刚建好。至于以后，看看再说吧。"

"工作怎么样呢？"

"我不担心。"维塔说。他用力抓住从大巴车上方的横杆吊下的皮质扶手，身体倒向一侧，因为大巴车正在拐一个大弯。

维塔仍然处在被驱逐的巨大打击之中。阿黛尔觉得这个地方——以色列国——十分奇怪，说好的五十年、六十年，却在两三年里结束了。然而实际上，她很高兴结束了基布兹的生活，尽管她知道自己的丈夫仍然处在深深的悲痛之中。

"我们中途会在哈代拉下车，在我妹妹那里住两三天。"丽泽特正好在汽车拐大弯时告诉他。

维塔等大轿车拐过大弯走上直路之后，回去坐到阿黛尔身边，告诉她一个惊人的消息：她的母亲不会看到丽泽特。

他们乘坐公交车继续从哈代拉前往特拉维夫。母亲在特拉维夫中心车站来见她和她的塞法迪犹太人丈夫。母亲同阿黛尔的哥哥弗雷迪一起住在霍隆一个新建小区的新房子里。弗雷迪是因为阿黛尔才来以色列的，因为他不希望把她单独留在这里。但是现在，她有了维塔，他就可以在完成飞机乘务员的训练之后到世界各地去旅行了。他试图说服维塔，让他和阿黛尔到霍隆来住，但是维塔不同意。他想住在雅尔康河边，可能是因为尼罗河的缘故吧。在开罗，他们在尼罗河边有一处房子，在卡斯尔阿勒恩内大街，离阿黛尔家附近的塔克利尔广场不远。

当维塔意识到尼罗河与雅尔康河有天壤之别时，他依然没有感觉失望。雅尔康河周边建筑物稀少，住宅价格便宜。过了不久，维塔·卡斯蒂尔便购买了一套二室一厅公寓，四层，位于哈马卡比大街与科恩大街拐角处。公寓朝东，阳光照射到屋子里，一直到中午时分。

一番拥抱接吻之后，问了几个无关痛痒的问题，母亲的目光投射到他们丑陋不堪的旅行箱上，问道："那个旅行箱呢？"

卡斯蒂尔善意地笑着回答说："留在基布兹了，没有扔。虽然他们有这样那样的条条框框，那个旅行箱还是很漂亮的。"

母亲喜欢他这个表情丰富的乐观的女婿。她看了看阿黛尔，她这个女儿相对于其他两个同母异父姐妹和两个哥哥来说，总是受到歧视。现在，二哥在霍隆，大哥去了加拿大，眼前这个女儿又嫁给了一个优秀的小伙子。谢天谢地，阿黛尔，我不用再为你担心了。

第三章　薇薇安

薇薇安在开罗天主教纯洁无瑕女子学校学习。她家亚美尼亚邻居的孩子也在那个学校学习。学校的校服薇薇安非常喜欢，通过校服可以看出这所学校档次很高。学校里还教英语，薇薇安非常喜欢学习英语。

学校里，大家以为薇薇安的父亲是基督徒。而对于他来说，作为一个犹太人和无神论者，女儿上哪所学校都无所谓。他的专业是工程师，他的包里总放着笔记本和铅笔，尤其擅长桥梁建造，他建造的一些桥梁后来被以色列炸毁了。薇薇安的母亲是个虔诚的犹太教徒，这导致她和丈夫在宗教问题上发生严重分歧。她同意薇薇安到这样一个基督教学校学习，条件是不能进那里的教堂，不能画十字。在没有办法逃避的时候，她要朝着错误的方向画十字。显然，薇薇安进了教堂，她无法逃避，但是在画十字的时候，她没有往任何方向画。

校服的的确确很漂亮。冬季是深蓝色优质羊毛短裙配同色厚布衬衫，上面绣着花体英语字母：The Immaculate Conception School（天主教纯洁无瑕女子学校）。夏季是带有学校标志的大草帽，同款短裙，奶油色圆领薄布衬衫。两套服装都用领带盖住脖子。

老师是来自爱尔兰方济各会的修女。授课用英语。修女们还组织了一支合唱队，用英语演唱，薇薇安是其中重要一员。在一次彩排中，她当众得到夸奖，说她有一副夜莺一般的嗓音，让她站在第一排担任女高音独唱。后来，又让她担任了很多独唱角色。修女们对待她，如同对待上帝赐予的礼物一样。

修女的赞赏给予她的，是巨大的自豪感，而大哥给予她的，却是殴打和侮辱，偶尔还有来自母亲的殴打和侮辱。母亲就像影子似的围着他的大儿子转。所以，一方面修女对她说，她将变成一个了不起的人物，作为歌唱家，她的歌声会唱响各个音乐厅；另一方面，家里却告诉她，要安安静静坐着，不能张嘴，让她干什么再干什么。也许正是因为这两种矛盾的态度，正是因为自己最终没有唱响音乐厅而是在银行填表格，她成年之后的性格变得极具瞬间攻击性。在以色列国这个残酷的大熔炉里，作为一头扎进字纸堆里的银行职员，如果需要的话，她可能会在瞬间发火，与其他银行职员爆发战争。在家里，她和女儿们也组织了一支合唱团，将她们分而治之。

在多年生活中，她进门出门从来没有说过 Shalom[①]，因为她根本不喜欢说。在家自然是不说 Shalom 的，进门出门只是把门关上而已，当然并非总是轻轻地关上。在银行和其他地方不得不说 Shalom 的时候，她也只是强迫自己以极轻的声音用完全装出来的而绝非她母语的语调说一声"Shalom"。过后，她有时还会和别人争论半天，自己到底说过还是没有说过"Shalom"。

对两个女儿她不仅没有说过 Shalom，而且说一句话之前，总是先说某个副词或者介词，然后跟一个间接宾语，而这个间接宾语却是她要表达的主语。有的时候，她突然冒出后半句话，前半句是什么她没有说，似乎期待她们加入到自己的意识流当中来，而她的意识流却是独一无二的。她每次这样讲话，都会把女儿弄得一头雾水。有的时候，她嘴里突然毫无征兆地冒出某个破产机构的名字，或者某个破产机构名字的一部分，或者某个散尽衣物的死者，或者某个遥远地方的天气，或者她昨晚看过的电视节目内容，或者发表了讲话的美国总统的名字——而接下来她所说的词语却很难拼凑成一个完整事件。薇薇安为她们创造了一个与世界通行的句式完全不同的独特句式——进入主题之前先做修饰。

不能排除的可能性是：这是学校的修女教给她的句式，或者是英语造句、法语造句和阿拉伯语造句的某种混合体。

---

① 希伯来语，根据不同场合，意为"你好"或者"再见"。

在家里，法语是主要语言。阿拉伯语和希伯来语是偷偷说的。薇薇安教她的女儿用法语背诵歌谣，她从埃及带来的，例如：

Vive les vacanced,

Point de penitence,

Les cahiers au feu,

Les livres au milieu.[①]

查理和薇薇安带着大女儿米娅小女儿丽梦，一起住在诺尔多林荫道与雅纳伊街街角处，距伊本格维洛尔大街很近。维塔和阿黛尔跟他们的独生女奥塔尔住在哈马卡比大街尽头，离伊本格维洛尔大街也很近，但他们在大街东侧。两家都住在四楼，顶层。查理和薇薇安家的阳台朝西，而维塔家的阳台朝东。如果没有适当的阳光，两个男人都无法生存下去。维塔的阳光晒到中午，而查理的阳光从中午开始晒。

一个是大女儿米娅，一个是独生女奥塔尔，两人的童年是在往返于两家的路上度过的。独生女特别喜欢查理家做的饭，到他家，可以填补她巨大的食物短缺，因为在她自己家，吃什么不吃什么，有严格的规定。

查理的母亲弗洛尔·卡斯蒂尔的三个女儿相继死去，查理几乎不认识他这几个姐姐。她们的死奠定了他这个老来子与母

---

① 法语，大意为："假期万万岁，老师不罚啦。烧掉笔记本，书也不要啦。"——作者注

亲的关系，若不是母亲因悲伤过度在五十岁去世，他们会一起在厨房里度过更多日子。不知道在开罗犹太人墓地，她的墓穴里还保留着什么。

弗洛尔·卡斯蒂尔教查理如何准备安息日食品，如何用不同的方法准备一周的食品，每天不重样。她做的饭一年比一年味道更好。她教儿子怎样掌握火候，告诉他孜然和姜黄的重要性，特别强调了黑胡椒的巨大作用。

因此，查理在以色列做的饭菜香气扑鼻，味道馋人，没人能比得上。有了这样的经历，诺尔多林荫道那间公寓厨房里的厨具，便统统归他自己摆弄了。他常常独自一人站在小小的厨房里，腰上系一条围裙，切、削、炸、拌，一脸的严肃表情，好像在做一件可以防止家庭灾难的大事似的。他每一个动作——拉抽屉、开冰箱、点火，都非常麻利而且十分小心，决不允许别人打扰。

有几次，当他趁着烧菜空档到阳台去抽上几口烟的时候，薇薇安悄悄溜进厨房，往锅里加点调料，续点水，或者加点糖。如果她被当场发现，查理一定会大喊大叫，令她胆战心惊。接着他会花好长时间调整味道，继续添加姜黄、芥末和黑胡椒。

查理和薇薇安的公寓虽然只有一室一厅，但阳台却比维塔和阿黛尔家的高大和宽敞。海风吹进阳台，令人心旷神怡。而且因为阳台位于街角处，拥有绝佳风景，既可以观赏林荫道根深叶茂的大树，又可以观赏小街巷种植的松柏，茂密的树枝下常常会长出白色的蘑菇。孩子们淘气地把蘑菇碾碎，企图毁掉它们，然而却发现徒劳无功，蘑菇总是顽强地一次又一次重新长出来。

这套房子最大的缺点是没有给他们自己居住的第二间卧室。他们不得不睡在客厅里，睡床就是一张打开的沙发。床垫太软，伤了查理的腰，所以他总说"我腰痛"。

朝西的大阳台准确地一分为二，中间竖立着一根房柱，所以有一些拐角，正好放置花盆。查理精心照料着花盆里的花花草草。一个名叫泽哈里亚的园丁时不时过来剪枝施肥。他是歌唱家苏珊娜·达玛丽的亲戚，和母亲一起住在阿莫斯大街幼儿园边上，他的女儿也去那个幼儿园。他的母亲号称铝王——院子里堆满铝制的盆盆罐罐。有时候敲上一下，喧闹的幼儿园里便会安静一会儿。

薇薇安和查理受到的是两种不同的教育。查理是一个社会主义者。而薇薇安则经过多年历练，成了一个精明的商人，懂得如何讨价还价，如何拖垮对手直至向她投降。凭着敏锐的感觉，她担心资本主义的力量会让人们一无所有，所以她要节约每一个铜板。两人最大的担心是产生债务。由于查理是个购物狂，常常买来一些诸如铁架、铁钩、Black and Decker 牌工具等等并非必要的东西，所以经过彻夜讨论，两人一致决定，由薇薇安一人掌管家庭收支。自此，由于她大权在握，他们成功地生存下来，甚至可以说过得不错，还给女儿留下了一些。她彻底放弃了厨房里的事情。两人还一起带女儿出去购物，当然，到奥特莱斯买衣服的时候查理就不必去了。有的时候，薇薇安会买些降价处理的服装。虽说他们俩都是靠挣工资吃饭的，但每逢节假日老板会发些购物券，每年还有第13个月工资。这笔钱他们会存在单独的账户里。

对于这处位于诺尔多林荫道的公寓最终何去何从，两人的观点有着天壤之别。薇薇安把它视作通往拥有固定双人床的两室一厅公寓的中间站，而查理则不想离开这里去任何别的地方。

他的梦想是取得市政府批准，在房顶加盖一个房间，如果可能的话，从邻居那里买一处房顶，再弄个阳台，也摆满花盆，全天洒满阳光。现在的大阳台只能从中午开始有阳光。他坐在椅子上，手里拿着尖尖的铅笔，画出一张张草图：哪里是结实的木质螺旋台阶，通往房顶的房间，这个房间如何与开放的阳台连接，阳台还可挂上洗好的衣物，太阳直射，一会儿就干，再不需要和邻居共用铁丝晾晒衣物了。

他站起身，开始在客厅里一边踱步一边计算步数。薇薇安跟他说，他不可能从市政府拿到建筑许可，所有邻居也都会反对，因为他们不需要。他回答说，事在人为，须在市政府贿赂该贿赂的人。

70 年代初，他没有告诉薇薇安，自己找了他工作的地方——以色列航空公司——的设计师。设计师以很大的折扣为他的屋顶房间画了非常专业的设计图，一丝不苟。设计图画在洋葱纸上，在一个文件柜里和其他一卷一卷的设计图一起保存了很多年，上面没有做任何标记，放在一个棕色的特殊纸筒里，用黑色橡皮筋捆着。在设计图边缘，他用漂亮的右斜体写着：诺尔多。

　　他试图说服邻居发发善心，同意他在房顶上搞建筑，但却无功而返。邻居们难以理解这个蓄着胡子、身体消瘦还有点神经质的男人的想法。只知道他每天五点回家，周末在房顶晾衣服，把公用的晾衣铁丝全都占了。他明白，如果他用钱收买市政府的人，薇薇安一定会抓住他。所以，他请求分别住在太巴列、海法和莫茨金的三个兄弟帮忙，代替他去贿赂市政府官员。但是他们仨却对他说，如果他嫌房子小的话，就应该搬到更大一点的公寓去。

　　赎罪日战争① 几个月之后，房产商纷纷给薇薇安发来报价。作为对查理坚持不从诺尔多搬家的回应，她购买了一处位于巴特亚姆的两室一厅公寓，距离海边两百米。这处公寓暂时还"在纸上"，但是已经开始动工建造了。

---

① 指 1973 年 10 月 6 日至 10 月 26 日，以色列与埃及和叙利亚之间爆发的战争。

她对任何人也没有说起过买房的事，合同上买主的名字是她本人和她两个女儿。

　　直到公寓墙体已经竖立起来之后，她才把这件事告诉查理。查理惊讶得目瞪口呆。在给自己辩解的时候她说，她认为，如果手里的合同变成现实，一个位于飞速发展的巴特亚姆市，可以步行到海边的大公寓出现，查理和孩子们会飞快地跑过去，因为它又新又大，三层，有电梯。

　　于是每周的新娱乐开始了。每个周末，薇薇安和查理带着两个女儿，钻进那辆菲亚特 600，开车去巴特亚姆，看看公寓建设的进展情况。每个周末，一家四口从没有楼梯的楼梯间踏着斜板爬上去，从没有门的门口走进这间公寓。此时，两个女儿会听取薇薇安的详细解说：这里是你们俩的卧室，这是爸爸妈妈的卧室。她特别引以为自豪的是阳台，虽然不及诺尔多林荫道阳台一半大，但是从这里却可以看到大海。不过，根据周围的建设浪潮来看，显然大海不会在这个阳台前停留太多日子。

　　查理给他兄弟维塔讲了巴特亚姆这处公寓的事。维塔告诉了他的妻子阿黛尔。阿黛尔又把这个消息通过布鲁诺、通过丽泽特、通过亨利埃特散发给了埃及帮所有人。薇薇安一时间被认为是房地产骗子。这让她怒火中烧，但是这也让她脸上有光，感觉到一丝丝骄傲。

面对埃及帮成员，薇薇安否认自己是个"财主"，但是查理没有帮她摆脱困境。她说自己买房是因为母亲，是母亲让她在以色列买处房子。的确，母亲从巴黎来过一段时间，和她的大女儿米娅搞得十分火热。这是薇薇安的看法。

大女儿米娅坚决反对搬到巴特亚姆那间公寓去，还挑唆小女儿丽梦也反对，以至于两人对这间公寓十分憎恨。

随后几年，巴特亚姆这间公寓变成了薇薇安家亲戚们的夏季寓所，他们一年接着一年，从法国来以色列度假。

在亲戚们到来之前，全家要开车去巴特亚姆把公寓打扫干净，擦洗地板，擦亮不锈钢水龙头。他们提着水桶，拿着抹布，坐电梯上楼，用一整天时间把公寓擦得窗明几净。注意，是父母打扫，而不是女儿打扫。两个女儿早都抬脚到附近海滩去了——从这间公寓的阳台再也看不见大海。

他们没有搬去巴特亚姆。两三年后，他们在拉玛特哈沙龙看到一处街角别墅——这是他们理想的购买对象，尽管他们的大女儿米娅甩脸子给他们看，因为这栋两间半卧室的别墅，与教她《圣经》的老师的别墅仅有一墙之隔。米娅不能理解，这世界怎么一切事情都是那么巧：今天是她的老师，明天又成了她的邻居。

查理觉得他们发现了梦中的家：两层的房子，还有大花园。不用再飞到国外，也不用再到远方的海岛去度假了。一切近在咫尺，花园和阳光。他希望园丁泽哈里亚还能接着来拉玛特哈沙龙，只是剪剪枝施施肥，其他事自己亲自做。查理知道，这样一来，他会心情平静，当然也可能会遇到生活上的困难和工作上的压力。

他们给了房产商肯定答复之后回家再做考虑。但是当天夜里，以色列镑^①大幅贬值，通货膨胀吞噬了他们的梦想。

最终，薇薇安和查理在巴布里小区买了一套三楼的二室一厅公寓，并且立即按照通行的做法，把客厅与阳台之间的墙壁敲掉，扩大了客厅的面积。至此，关于阳台的种种幻想统统破灭。从诺尔多林荫道阳台上搬来的花卉，没有在巴布里的窗格下生存多久，尽管那里也有阳光从西面照射过来。没有清风缓解夏天的燥热，太阳烤焦了这些花卉，只有仙人掌和多肉植物存活下来。

查理在巴布里整整生活了九年，但是没有林荫道，没有提供树荫的高大树木，没有海面吹来的海风，没有可爱的小街巷，没有种满花草的阳台，没有园丁泽哈里亚。他的生活已经不再是原来的生活了。

他家对面的空地上矗立着三棵高大的合欢树，年年盛开黄色的花朵。空地另一侧，田野里生长着红色的罂粟花、黄色的菊花和芥菜花。有的时候，田野里会走来一群羊，和羊群在一

① 以色列建国初期至 1980 年间使用的货币名称。

31

起的，还有一个贝都因人①。

　　田野的南端是 14 路公共汽车站，每隔半个小时，一辆公交车经过，把乘客运往中心汽车站。在随后几年之中，他总拿"错过 14 路"来吓唬她们母女，因为错过了就意味着要步行穿过可怕的公路——海法路，到另一侧去等候从拉玛塔维夫开来的 24 路或者 25 路公共汽车，而这两路车总是挤得满满当当。

　　现在，薇薇安知道，遭人遗弃的德克尔电影院终究会被拆除，因为没有人关心它的电影海报，那里好多年没有放电影了。那里将建造一座摩天大楼，这样一来，他们在巴布里同一条大街上的公寓一定会升值。

　　假如自己年轻一点的话，她会跑去摩天大楼买一套公寓，取代现在这一套。这些年来，她爱上了巴布里的环境，爱上了巴布里的交通，也爱上了居住在巴布里社区给她带来的尊贵感。

　　对面的田野已经消失许久了，一些不太高大的建筑冒了出来，外墙不再粉刷，而是贴上了白色瓷砖。尽管贴着瓷砖，也显得很高档，但是对面邻居的一举一动仍然尽收眼底。自从一栋栋贴着马赛克的房子长满田野之后，查理就不再是他们中的一员了。

---

① 贝都因人，属于闪含语系民族，阿拉伯人的一支。主要分布在西亚和北非广阔的沙漠和荒原地带，过游牧生活。

薇薇安在位于市中心的银行中央支行工作了 52 年，从一个打字员开始，直到最后加入国际事业部。退休之后，她继续在贷款文件部工作，按时计酬。但是不久，新技术——计算机——时代开始了，生活情趣和乐观精神对她不再有用了。时代不再需要这样一个勤奋的女人。

第四章　成年人

这是秋天里一个安息日的黄昏时分。生长在林荫道上的大树，树叶纷纷落下。连续三天晚上，树叶几乎掉光了，清洁工加班加点清扫树叶。

楼下传来埃及帮成员的口哨声，两短一长。全家沉默下来。

查理让女儿到另一个房间去，不要围在他脚下转。他喊薇薇安立即去厨房。他们两人系上围裙——他的是格子围裙，她的是大花围裙。

从一楼爬到三楼，成员们相互间大声交谈着。布鲁诺进门时还在说着什么。门是开着的，门上有一个漂亮的不锈钢把手，上面固定着一片薄薄的正三角形金属片，防止大门自动关上，把人挡在外面，否则门把手也帮不了他。

没有人像布鲁诺·利维这样充满生活情趣。他是群里的活跃分子之一。在埃及帮里，不乏他这样的活跃分子，例如亨利埃特、布鲁诺的妻子奥黛特等。奥黛特一头黑色短发，似乎是时尚的要求。她是唯一一个专修过美丽和美学方向的人。开始时做过美发师，后来经过专业训练，变成了房地产经纪人，业务集中在霍隆地区。

又来了一些成员。所有铝制折叠椅都打开了，折叠椅的椅面由暗红色和白色塑料绳编织而成。桌子和椅子是配套的，红色塑料桌面在西晒的阳光照射下已经褪色，桌面开到最大程度。查理从厨房取出第一轮刀工精细的开胃菜，整齐地码放在盘子里。

成员们挤满了阳台。查理把石棉百叶窗开到最大，以便他们呼吸到海面吹来的清新空气，感受到这里的高度。

薇薇安不愿意打开百叶窗，既害怕噪音从街上传进来，也害怕噪音从阳台上传出去——成员们的说笑声有可能会打扰到邻居。但是既然有人说"你们这儿空气太好了"，所以百叶窗也只能开着了。

成员的孩子们也来了，他们是尾随着家长来的，没有全来。但是来的这些孩子马上被大人轰到隔壁房间去了。孩子们对薇薇安和查理给女儿买的新家具印象格外深刻。家具的上部是书架，下部是两张抽拉床，抽拉床向内折叠之后，露出两张书桌，收好床便可以打开书桌。两个木质旋转三角桩支撑两张书桌，但总是稍稍有点倾斜，不能在桌面上放铅笔，会滚落到地上；

书籍和本子如果包着塑料封皮，也会从塑料面板上滑落。

维塔和阿黛尔步行从哈马卡比大街过来。阿黛尔指着墙上的挂钟反复说，走到这里正好用了7分钟。与此同时，在厨房里，薇薇安小心翼翼地在加满水的锅里放了6个鸡蛋，把白色三眼燃气灶点着火，开中火煮鸡蛋。查理见她先在锅里放进水，然后才把鸡蛋放进锅里，便批评她说，顺序应该相反。

"我不想在客厅里见到孩子，只能有大人。"看到有个孩子穿过飘满成年人口号的客厅走进厨房的时候，布鲁诺喊道。

"我们曾经是世界主义者。"亨利埃特呼喊道，继续进行永无休止的争论。"我们主张宽容、友爱、团结和种族平等。就是因为这，他们把我们从基布兹扔了出来。"

"种族主义，"布鲁诺说，"但是即便如此，他们仍然坚持人人平等的理念。"

"只是说说而已。"丽泽特纠正他说，轻轻笑了笑。大多数人都明白她说的是什么。

"你指的是什么？"奥黛特问道，她突然想插进来说话，但是丽泽特没有回答她。自从丽泽特在市立学校当上法语和英语老师之后，她就不再对每个人的问题都回答了，而且她的观点也发生了剧烈摇摆。在教师办公室，她听到了与基布兹和埃及帮完全不同的观点。像所有被赶出来的人一样，她也陷入迷茫：对驱逐事件守口如瓶，即便偶尔说一说，也是在极其私密的场合。

基布兹给他们安上了反对犹太复国主义的罪名，这是一个巨大的污点，绝不能让别人知道，不管是银行的人还是市立学校教师办公室的人。到底发生了什么？丽泽特在思考。在一次投票中，80个来自埃及的人中，23个核心人物投了赞成票，而没有按照"全国基布兹运动"组织的建议投反对票。这样一个只是表达观点而不对现实产生任何影响的投票，怎么竟然决定了他们的命运？是不是只有她看出此事多么荒诞？

　　维塔拿来第二轮开胃菜放到盘子里。这套盘子是薇薇安在她的工作地点——银行的中央支行附近商店清理库存时打折买的。她其实不喜欢附近的和平大厦百货店，可她却发现这家百货店的价格只有附近几条街上商店的一半。不过在赫兹尔大街、本雅明大街、罗森博格大街、哈阿姆大街和布鲁姆大街一家接一家逛商店的时候，她也感觉爽极了，总是大包小包带回家。

　　和平大厦又细又高，建在巴伊特大街，紧挨着她工作的银行。建成后很多年，城里没有与之比肩的建筑。《话报》的文章说，它是整个中东最高的、设备最先进的办公大楼。人从楼顶跳下去，一定有去无回。她常常跟女儿念叨，今天又有什么人从和平大厦跳下去了，或者回答大女儿的挑衅：

　　"我说，今天又有什么人从和平大厦跳楼了？"

　　"今天没有。昨天有。一个女的，37岁。"

　　维塔回避他妻子的眼睛，因为他知道，她认为盘子盛得太满了。事过之后，回到家，他会为此付出代价的。但是食品的味道棒极了，加了胡椒，有点辣，正是他喜欢的味道。

他已经是贴现银行的高级经理，职位还在上升，但是他再也高兴不起来。他们有一个独生女，世界上最漂亮的女孩儿，但是在她 12 岁的时候，她得了青少年糖尿病，从此变得喜怒无常。她会去吃禁止她吃的东西，会在自己身上做些危险的试验。

现在，他坐在好朋友布鲁诺身边。布鲁诺在工人银行工作。维塔喜欢布鲁诺，几年来，由于生活上的不如意，他自己变得越来越沉默寡言，所以把布鲁诺看作自己的代言人。迪迪耶和他妻子内莉偷偷地发笑。布鲁诺的妻子奥黛特，尽管已经不再是美发师而是房屋中介，却仍然每三个月换一次发色。而薇薇安觉得她是彻底放开了。

奥黛特想要问查理，他们夫妻俩端上来的那道美食是怎么做的，但是他闪开了没有回答她。

维塔狼吞虎咽，他要在与妻子吵架之前把每道菜都品尝一遍。吵架可能会持续到深夜，甚至持续到第二天，谁知道呢？但是这阻止不了他从弟弟的饭菜中品尝妈妈的味道。

查理让薇薇安去阳台撤回酸黄瓜片，但是薇薇安却在没有撤下其他腌菜之前先把调味芝麻酱撤了下来，这让他十分生气。这些腌菜可是严格按照母亲教他的方法腌制的。

另一间房子里，孩子们开始无聊起来。房间已经乱得一塌糊涂，所有书籍从书架上拿了下来，在地板上和书桌上扔得到处都是。想看书的看书，不想看的就不看，爱干啥干啥，靠着北墙在床上拿倒立也可以。孩子们那时都很瘦小，却很幸福。

布鲁诺的声音盖过了亨利埃特的声音，但是仍然难以理解。几年前，在基布兹的时候，这些埃及人热血沸腾，充满激情。而现在，可以感觉出来，他们有些人在努力装出一副幸福美满的样子。查理感觉到，一种极度不安的情绪正向他袭来，所有事情进展都不顺利。他厌恶自己西西弗斯式的生活：早上起来，他作为以色列航空公司的会计去上班，晚上，他作为以色列航空公司的会计下班回家。有的时候他要留下来加班几个小时，因为公司那台占据着整个大厅的大型计算机出了问题。

20世纪50年代初期，在艾因舍莫尔基布兹，查理如同半个皇上。除了一串沉甸甸的钥匙——基布兹所有仓库的钥匙——之外，他还可以去马厩。他喜欢骑马，但是不快骑，这样马就不会打滑，当然更不会在沥青路面上骑。他可以逃避脏活儿累活儿——仓库和马厩的活儿除外，有时候还有收割的活儿——他喜欢收割，也去给基布兹做辛辣的饭菜。直到有一天，经过埃及人和波兰人一番激烈争吵，最后一致同意，基布兹的饭菜要少放辣椒，如果埃及人想吃辣的，可以在自己的饭里加调料，由查理到乌姆法贺姆市场去买。

埃及帮的人在基布兹是出了名的能干，他们两班倒，早班和晚班。一些男人开 D-2、D-4、D-6 型拖机，女人和另外的男人连续几个小时站在地里施肥、收割、挤奶、养鸡和堆肥。还有一些人到基布兹外面去，为新国家修新公路。布鲁诺曾经在内盖夫沙漠开着公共工程处的拖拉机迷路，甚至还错误地穿过埃及边界，好在人们立即找到他，把他带了回来。

他们的生活丰富多彩。晚上，埃及帮的成员会与基布兹其他成员举行一场场辩论会，辩论会的最后是投票表决，对所有问题投票赞成或者反对。口号声响彻云霄，讨论持续到深夜。讨论的问题是："全国基布兹运动"是不是无产阶级的领导核心，一旦时机成熟，它是否可以领导城市工人和产业工人在以色列进行社会主义革命？

埃及人变得越来越像基布兹成员，随着他们越来越像基布兹成员，他们就越来越多地参与这种争论，"青年守卫者"组织不做这种事。他们过于天真，太过看重思想自由和言论自由。他们没有意识到，他们这些具有相同民族背景的人，在"全国基布兹组织"指示他们投"反对"票时，他们却投"赞成"票，这是不可接受的。

在没有听从"全国基布兹组织"的指示投票之后，这些背叛的埃及人便被组织清除了。维塔、布鲁诺、丽泽特和拉扎尔·格塔聚集在基布兹秘书门外，要求解释"这种意识形态的纯粹"的含义是什么。他们的投票证明，他们是自由的，是世界主义的，根本不意味着他们不忠于基布兹，不忠于国家。

然而一切都于事无补。基布兹老成员决定：这些苏维埃埃及人悍然转变方向，实属罪大恶极。因此，不得进入基布兹安排工作，以儆效尤。

埃及人明白其中的含义，群起而反对。拉扎尔宣布全体埃及帮成员绝食一天。也许他们以为自己是在红场，全世界的工人都会注意到他们。但是，在基布兹，大家把他们视为反对犹太复国主义的苏维埃地下组织，是彻头彻尾的叛军，必须立即连根铲除。

简而言之，老基布兹成员没有因为埃及人的行为而惊慌失措。他们成立了驱逐委员会，其中包括两个人——一个是身高两米的园艺负责人米赫凯，另一个是矮了许多的收割部的伊格纳茨。预定的被驱逐人派了四个代表，出席委员会的讨论。他们态度强硬，据理力争，认为有理由继续争论下去，试图让委员会成员相信，他们投了赞成票充其量是为了反对美国帝国主义——有时候犹太复国主义也受到牵连，但是他们自己绝对不会对基布兹和国家产生威胁。相反，他们是积极的劳动力量，他们离开埃及的根本原因就是：为基布兹做贡献。

但是驱逐委员会之所以成立，不是为了不驱逐他们。委员会只讨论实际操作问题和如何达到目标问题。它在驱逐方式上做出了决定。在梅特克——他知道此事的秘密——的建议下，米赫凯和伊格纳茨决定，每个被驱逐的人将得到一张床垫、一套床上用品、自己房间里的几种日常用品以及 150 以色列镑。从埃及出来时，带的比这要多，但是在这里，当他们离开的时候，基布兹成员还是搜查了他们的行李，以免他们拿走某个杯子或者其他没有送给他们的东西。

亚科夫·瑞福亭出生在基布兹，是一个左派人士，他替埃及人开脱。后来摩西·斯奈又为他开脱。很多街道以斯奈的名字命名，大家忘记了他是一个亲苏联的领导人，曾经向苏联人传递敏感信息。瑞福亭没有像埃及人一样被驱逐出艾因舍莫尔基布兹，只是被禁言而已。

驱逐——维塔说这是一个严重错误——把这些埃及人变成了具有新思维的城市人。大多数住在特拉维夫或者霍隆的人很好地融入到了城市生活中，也有一些人患了创伤后遗症。大城市的生活压力和度日如年的艰苦劳动，导致他们的身体肌肉抽搐，特别是脖颈肌肉抽搐。他们把头向后甩，然后回到原位，严重的咳嗽从肺叶深处发出，吐痰。现在，他们总是不由自主地摇头。

不，他们不是这个国家的主人，最好把嘴闭上，仅仅在黑暗慢慢降临的阳台上，相互之间表达自己的看法——当然不要用希伯来语。

第五章　坦图拉

　　独生女奥塔尔总是说："我的日子不多了，我的日子不多了。"

　　"她总是剧烈疼痛，现在终于解脱了。"米娅站在遗体对面心里想。她进到病房来，是为了拿独生女的一个大箱子和她的一些私人用品。她看着堂姐的脸，那是一张她非常羡慕的脸，头上梳着马尾辫。她小心翼翼地替她拉了拉马尾辫，随后自言自语道："唉，怎么忘了呀，她已经死了，什么也感觉不到了。"她又用力拉了拉，但依然是小心翼翼地。她在奥塔尔遗体旁边来来回回走动太多了，好像回到了20世纪70年代，在科恩大街上散步，而不是在21世纪初的伊希洛夫医院里。奥塔尔死了，躺在那里。什么也不用做了。

　　在这家医院，人死之后，通常会盖上布单，让遗体在病房停留2个小时。2小时后，男护工过来，把遗体运到太平间。

奥塔尔去世一个半小时之后，她父亲维塔来到内科病房，手里捧着一束送给女儿的鲜花。等候他的米娅和阿马奇亚——奥塔尔的丈夫急忙上前拦住他，不让他进到女儿病房。"出事了，出大事了。"他们齐声说道。"出什么事了？"他问。他们沉默不语，等他自己领悟。他领悟过来后，马上说："她要死了吗？"但是他指的却是阿黛尔。

但是阿黛尔不会这么快死去。她只是不停地去做医学检查，探寻自己到底有什么致命的病，为什么身体会有那样的感觉。没有她没做过的医学检查，丈夫维塔始终忠于职守，每次都是专门坐出租车陪着她。但是，医生说，所有检查都正常，她身体健康。他们给她开药，再开药，全是抗抑郁药。这些药她拒绝吃，只吃半片帕罗西汀，治疗焦虑和失眠。

每过三个星期，阿黛尔和维塔会在上午去沙乌尔镇她女儿的墓地。他们雇佣同一个出租车司机，他会在不远处，在拥挤的墓穴之间的窄路上等他们。为了空调的缘故，不熄灭发动机。他们过来要和独生女奥塔尔说说话，但是维塔一言不发，因为他知道，没有说话的对象。阿黛尔却坚持对她说，给她讲新闻，不管好的还是坏的，都及时告诉她。维塔紧张地站在一边，如果她因为悲伤而晕倒，他会赶快招呼司机过来，帮他扶她上车，直接送去医院。

与女儿和妻子相比，他是更注重实际的人。独生女活着时，每当她病痛难忍，他总会对她说："好啦，现在到乞力马扎罗峰啦！"或者："好啦，好啦，现在到珠穆朗玛峰啦！"

阿黛尔靠在墓碑上哭泣。维塔嘟囔一声摇了摇头。他帮助妻子揩拭墓碑，期间为些鸡毛蒜皮与她争吵了几句。他心中压抑，因为他知道回到家里等待他的是什么。整日哭哭啼啼，他简直受够了。

有一天，大约在去世 7 年之前，确切说是在 2000 年，维塔和阿黛尔的独生女奥塔尔问查理和薇薇安的大女儿米娅，愿不愿意和她一起去坦图拉。维塔和阿黛尔当时正和两个外孙女乐芙娜和蒂姆娜在坦图拉。做母亲的想去探望自己的女儿。

在米娅小的时候，奥塔尔常常带她去她住的招待所或者康复之家，因为她知道米娅没有权利进这些地方。例如有一次，她偷偷带她到海边的阿什克隆市一个机构，一些需要特殊饮食的人在那里治疗，奥塔尔的另外一个朋友甚至还在那里睡觉。

要知道，奥塔尔是米娅引以为自豪的人，也是她生活中非常重要的精神支柱。她从她那里学到了很多东西，既有简单的知识——得益于两人 5 年的年龄差，也有与命运的抗争——也许是因为绝望而无所畏惧吧。

那天，米娅非常高兴，因为从来没有人建议她去坦图拉，她一次也没有去过。

有趣的是，她们两人都是天然的金黄色头发，与她们的父母一点也不像，可能是遗传自她们的上一代吧。金黄色头发绝妙地掩盖了她们的埃及出身，给她们提供了巨大的优势，甚至超过小学和中学班级里长着棕色头发的阿什肯纳兹姑娘。在一段时间里，她们好像一对姐妹。每个星期五，在奥塔尔父母家里，米娅与奥塔尔和她的父亲维塔一起，观看电视里唯一一个频道播放的每周阿拉伯语电影，因为在他们家，允许使用正常音量观看。而在米娅家，却只允许用很低的音量在薇薇安的监督下观看。

在20世纪70年代，她们经常爬到独生女在哈马卡比大街的房顶上晒太阳。晒之前，先要把头发漂白一下，使得金黄色头发的颜色更加鲜艳。奥塔尔知道怎样做能使头发显得更自然，很奇妙，她用双氧水加某种淡蓝色粉末来洗发，这是药店老板给她提的建议。

米娅嫉妒奥塔尔，因为自己无论皮肤还是骨架，都是营养不良的样子，而奥塔尔却漂亮、有女人味，苗条、聪明、乐观、有趣、充满生机而且有点淘气。奥塔尔的青少年糖尿病导致她不能参军，但是她结交了赎罪日战争后任命的几个新将军，弥补了缺少爱国主义的缺陷。为此，米娅心情不好，体重也下降了。但是没有人注意到这些，只有以色列国防军要求她，如果想要应征入伍，必须增加三公斤体重。

为了去坦图拉，需要米娅开车。在两个人中，米娅显得尤为重要。

几年来，奥塔尔病得厉害。她的青少年糖尿病随着青少年时期的远去，越来越严重。这是这种病的特点——青少年期过去之后，病症不会消失，而且还会维持青少年的性格特点：淘气、好奇、冒险，莫名其妙的生活乐趣全都保留下来，同时还伴有身体的剧烈疼痛和情绪的瞬间突变。

不论把手指放在她身体任何部位，都会引起疼痛。她的腿部有永不闭合的伤口，眼睛的视力不佳，当然，她能看见东西，也能阅读。

她白天有厌食症，夜里有贪食症。总之，她已经消瘦而且虚弱，走路需要借助拐杖。但是她仍然美丽，她的美与她少年时的美截然不同。她的面部轮廓更加清晰，褐色的眼睛更加深邃。

而在米娅方面，她生育后身材胖了一些，比之前行走的衣架状态好多了。原来的幽默感越来越少，像她堂姐身体里的钙一样迅速消失了。她们之间照顾与被照顾的角色互换，令米娅感觉十分受用。

她问奥塔尔，坐在福特嘉年华车里舒不舒服，过了一会儿又停下车来，让她休息一下。米娅的小儿子纳达夫也参加了这次旅行。他5岁了。

车子沿海滨公路行驶，米娅一直试图逗堂姐开心，但是独生女始终反应冷淡。她身体疼痛，不时发出呻吟、叹息和抱怨。有的时候，米娅不得不狠下心来不听也不想，以免发生交通事故。她的儿子拴在后排座椅上，她对他解释说，姨妈身上很痛，很难受，但是她很快会得到治疗，疼痛就会消失。孩子问她，那需要等什么呢？米娅告诉他，药在坦图拉，在姨妈的爸妈那里，因此她必须加快速度，尽可能快点到达那里。她对他说，乐芙娜和蒂姆娜——姨妈的女儿，他的表姐妹——正在坦图拉等他，那里的海水一定好极了。她说这些话的同时，奥塔尔也在不停地呻吟，不停地叫喊："哎哟哟，天啊，受不了了。"

在坦图拉，米娅在靠近海边又靠近房子的地方找到一个停车位，停下车子。她为儿子打开车门，儿子立即向大海跑去。然后，她打开副驾的车门，抓住独生女的拐杖，帮她从车里走下来。

"真幸运，我们找到了一个靠近的停车位。"奥塔尔说。

"真幸运。"米娅重复了她的话，然后把拐杖递给她。

独生女将轻飘飘的身体倚靠在拐杖上，向她父母——维塔和阿黛尔——的方向蹒跚着走过去，父母疾步向她走过来。父母从米娅手里接过了独生女。片刻之后，米娅站在原地，环顾四周，深情地欣赏眼前的美景，满含激情和渴望地高声喊道：

"坦图拉！"

坦图拉这个名字她已经听说过许多年，但是从来没有机会来到这里。父母的朋友——也是从艾因舍莫尔基布兹出来的人——在节日期间到坦图拉旅行，在海边租间小房子居住，似乎感受到了儿时在塞得港或者在黎巴嫩的情景。但是查理和薇薇安没有足够的钱，支付不起到坦图拉旅行和那里一日三餐的费用。也许他们根本不允许自己去。相反，维塔和阿黛尔这次租住的不是小房子——这里虽然称为农舍，却是带空调的宾馆。

坦图拉的沙子是白色的，不是黄色的。海滩上人不多，海里也一样。海水非常干净，几步之后，海水已经很深。没有防波堤，所以也没有码头。大家都窝在躺椅里。尽管这是一个比较欢乐的时刻——阳光、大海、孩子，但是那边却有人处在痛苦之中。蒂姆娜在水里游泳，不停地哭泣，没有办法让她平静下来。大家纷纷起身，挨个上前尝试安慰她。她的母亲奥塔尔也走到水里，海水没过了她的大腿，大家都担心她腿上的伤口会感染。她关切地劝说小女儿不要再哭了，至少应该从水里上来，这样妈妈才能安慰她，但是小姑娘只想留在水里哭。气氛变得有点糟糕，大家开始生她的气。当时没有人意识到，这个小女孩其实患上了慢性自身免疫性疾病，所以才在水里大哭呢。

中午，大家回到空调房里，坐在一起吃午饭，午饭是从宾馆的厨房拿来的。大家可以尽管吃，除非你有进食障碍或者有特殊的饮食要求——例如奥塔尔，或者有人在监督你——例如维塔，他放进嘴里的任何食物都逃不过阿黛尔的眼睛。实际上，吃今天这顿饭的人，全都有进食障碍，只有米娅的小儿子除外，任何事情都不会干扰他吃东西。

吃过饭后，米娅去午休，刚刚经历的事情让她感到有些压抑。独生女也已经躺下睡了。她父母带着孩子走出了房间，但是没有去海里，而是来到一个合适的地方，既可以让孩子们游戏，又可以和朋友聊聊时政。他们的朋友是仍然健在的埃及帮成员，也到坦图拉来了。

米娅和奥塔尔睡醒的时候，米娅忽然间有点歇斯底里，她想立刻、马上回到特拉维夫去。奥塔尔很生气，因为在这个家里，只有她才有这种发疯的权利。这既是因为她身体有病，也是因为她有着光荣的发疯史。米娅催奥塔尔快一点，奥塔尔说慢慢来，别着急，但是米娅却出去找儿子了。儿子刚才和埃及帮的大人们在一起。埃及帮的大人们问她为什么这么急，特拉维夫有什么在等着她。米娅说出了一个充分的理由，她知道，这个理由谁都无法反驳。她说：

"我不喜欢在黑夜里开车。"

的确，这个理由在老人们眼里合理合法，无可辩驳。甚至有人还用法语提醒说，如果没有记错的话，米娅已故的父亲查理也不喜欢在黑夜里开车。

米娅抓着小儿子的手，一起回到房间，看看奥塔尔现在是什么状况。奥塔尔对她说，她催得太急了，弄得她心情紧张，浑身疼痛。她们说过的,5点走,现在才4点,还差整整一个小时。但是米娅也坚持她自己的道理:晚了路上可能会塞车。

奥塔尔狠狠瞪了米娅一眼。她脾气本来很暴躁的,点火就着,但是现在她已经实在太虚弱了。

过了大约20分钟,一个小小的队伍朝汽车走去。米娅走在最前面,随后是她的儿子,她儿子后面是她的堂姐——拄着拐杖的奥塔尔。

远远地,米娅已经注意到,汽车玻璃闪耀着淡淡的红铜色。这是落日反射出来的颜色吗?但是太阳还没有落下,从光学的角度无从知晓它会产生什么效果。在汽车前挡风玻璃上反射的太阳是红棕色的,与天上的太阳完全不一样。她又看看挡风玻璃,看看太阳,心里充满好奇,试图回忆起某些物理定律。玻璃是透明的,阳光是柔和的,然而为什么反射光却比光源本身更强烈?米娅慢慢靠近汽车,似乎想要亲眼见证奇迹。她转过头,对奥塔尔说:"你看哪,我的汽车挡风玻璃反射出的太阳多么漂亮啊,玻璃上的太阳比真正的太阳红了很多。"

奥塔尔说:"这不是太阳的反光。有人在汽车玻璃上喷了颜色。你没见你把汽车停在什么地方了?"

现在米娅注意到,确实有人把整个汽车挡风玻璃,包括后视镜,喷成了金棕色,但却一点也没有喷到金属的车身和塑料的后视镜边框上。

一个基布兹成员从旁边走过，边走边说：

"到百货商店去，现在还开着门，买些松节油，再多买些棉球。这个停车场只给基布兹成员用。"

"可是没有警示标志啊。"米娅说道，她大吃一惊，绕着汽车各个方向查看。

"没有警示标志，因为这是基布兹成员的停车场。你停在基布兹里面了。"

"但是这种事是谁干的……"

"你觉得让他们把轮胎里的气都放掉更好吗？你看，没有伤你的车身啊。"

在百货店买松节油的时候，大家告诉米娅，她占用了珠宝商人的停车位。那个珠宝商人是一位船长的女儿。有一次，这个船长在他船上发现了一个尼日利亚偷渡客，他竟然在茫茫大海中把偷渡客扔到了橡皮艇上。

百货店的松节油没有起作用。奥塔尔已经感觉到身体状况很不好，可是她的胰岛素通常都放在拉玛塔维夫家里的冰箱中保存。米娅跑去找大伯维塔来帮忙，维塔找来法拉第斯村的一个阿拉伯小伙子干了一刻钟，用基布兹橡皮管里的水冲洗，引得从这里路过的基布兹成员十分厌恶。

与此同时，奥塔尔身体越来越虚弱。她父亲给邻村阿拉伯小伙子付了工钱，米娅带着儿子与奥塔尔一起往家里赶。谢天谢地，奥塔尔及时用上了胰岛素，一切平安无事。这次事件之后又过了 10 年，期间，奥塔尔一次又一次因为胰岛素过量或者胰岛素缺乏差点死掉。她丈夫一次又一次把濒临死亡的她挽救回来，因此他被誉为超人丈夫，因为他每次并不是在固定时刻回家，也不知道是什么力量催促他赶快回家，每次她都因此而获救。

差不多在 10 年之后，一天夜里，她独自坐在厨房，不停地吃布朗尼蛋糕。当她满足了口腹之欲走出厨房之后，计算上出了错，给自己注射了超量胰岛素。早晨，丈夫听见她呼吸沉重，走过来一看，她已经失去意识。他急忙叫来救护车。拉玛塔维夫漂亮的家里又一次挤满急救人员，两个女儿也在惊恐中被从睡梦里叫醒。急救车将她送到医院抢救，在急救室靠呼吸机维持了三个星期。大家都觉得她这次没命了，可这时她居然醒了过来，而且立即在纸上写下了"Jeu de Paume"几个字，这是巴黎一家博物馆的名字，她以为那里仍然在展出印象派画家的作品。此后几天，她仍然只是不停地写，慢慢地，恢复了发音能力，但是她发出来的不是她原来的声音，而是非常嘶哑的声音，因为在依靠呼吸机生存的这些天，她的喉咙里插满了各种各样的管子。

最后一次去医院治疗——这次她没能回家——没有叫救护车。奥塔尔打电话给米娅，告诉她，他们现在出发去医院，她的腿有风湿痛。因为米娅要求第一时间知道，所以向她通报。她的声音依然十分嘶哑，撕裂了米娅的心。

奥塔尔是个好心肠的女人。她觉得自己的家庭地位总是十分脆弱，米娅和她彼此彼此，处境相似，所以在去医院的时候，她先通知米娅，然后才通知其他人。她们约定在那里见面。

医院让她住进内科病房，给她打了止痛针，又给了一些吸入剂。大女儿米娅——我们不妨继续这样称呼她，因为尽管她已经50多岁，但她仍然没有在家庭之外给自己树立起完整的身份，她仍然是透过母亲薇薇安的眼睛看自己，仍然希望赢得母亲的全面认可——所以，这个无依无靠的灵魂，大女儿米娅，每天早上来到独生女奥塔尔这里，从楼下咖啡馆给她带来一杯卡布奇诺咖啡，看着她的生命一点点逝去，心中自言自语——让她走吧，带走她吧，她太痛苦了，带走她吧，帮帮她吧。突然，奥塔尔剧痛袭来，米娅想自己给她注射吗啡。护士及时赶来，完成了这项工作。奥塔尔仍然声音嘶哑，对着米娅叫了一声"亲爱的"——她从来没有这样称呼过她：显而易见，她离终点不远了。

星期四，她的血糖很高，但是护士说她们知道，是的，她们知道，但没有给她使用胰岛素。为什么一个血糖高达600单位的人不给用胰岛素呢？不清楚。她丈夫本来想亲自用他们自己的胰岛素给她注射，但是一个星期之前，他这样做的时候，护士曾大声训斥他说："你这样做会杀死她的！"他不是医生，不敢再那么做了。米娅一次又一次跑去找医生找护士，一次又一次告诉他们，病人的血糖今天很高很危险，如果不给她注射胰岛素，会发生无法挽回的后果。但是她知道，最好不要再为奥塔尔的生命做无谓的挣扎，而应该听凭已经无能为力的系统来处置。果然，在第二天，星期五，米娅家的电话响了，奥塔尔的丈夫告诉米娅："结束了。"米娅突然放声大哭，邻居们吓坏了，纷纷敲门问她怎么了。

第六章　小学

　　查理和薇薇安送两个女儿去 A. D. 戈尔登小学上学。学校以犹太复国主义工人领袖戈尔登的名字命名，专门接收工人的孩子。他们在学校学习到差 5 分钟 1 点，1 点 30 分吃完午饭，然后再学习到下午 4 点。总之，孩子们的时间最大限度地留在了学校。

　　学校在拉萨尔街，位于本耶胡达大街和雅尔康大街之间，距本古里安林荫道——当时的名字是克伦卡耶迈特林荫道——非常近。在本耶胡达大街，靠近精品地毯商店的地方，可以在波斯裔女人那里买到蓝色的圆形小地毯形状的口香糖。

　　学校的午餐质量勉强说得过去，社会主义—犹太复国主义的意识形态是学校的指导原则，但是其中仍然保留了犹太教痕迹，祈祷的方式各式各样，永远不知道他们祈祷的对象是谁。若不是自己家有犹太教—基督教背景，米娅可能会认为自己是个偶像崇拜者。

　　冷战时期，在以色列，有些人变得比左派还左派。孩子们在学校学习，而他们的家长当时却已经认为两个民族分属两个国家是不可避免的。事实上，这几乎是这所学校的主流认识。但是，这一认识受到音乐老师梅伊尔·摩尔的压制。他用所有空闲时间弹奏手风琴，指挥全体学生高唱巴勒斯坦托管时期的歌曲，给他们造成极大恐惧，似乎也给自己造成了恐惧，怪不得他在整个二战期间都躲在洞穴里。

　　鉴于他过往的经历，没有一个男孩子或者女孩子敢于站起来反对梅伊尔·摩尔。每当他在胸前挂上手风琴，学校里大约两百个四年级到八年级的高年级学生，不管愿意不愿意，都不得不放声高唱；每个星期日上午，他们要唱上整整一个小时，预示一周开门红。[①]

　　薇薇安作为一个有工作的母亲，每天下午四点之前的安排是相当惬意的。查理的午餐在航空公司的快餐店解决，女儿们在学校吃午餐，她自己在单位的茶水部吃个三明治即可。这样一来，一天当中甚至一次也不用在家里铺开餐桌，晚餐可能只是对着电视简单吃点东西而已。如果说薇薇安在世界上最痛恨什么的话，除了另外几件事之外，那就是铺开餐桌了——因为吃完之后还必须做一番清洁，她解释说。

----

① 犹太人以星期日为一周的首个工作日。

薇薇安通常在三点半离开市中心她工作的银行，此时她已经头痛欲裂，说明身体上和精神上都十分痛苦。她会立即吃一片药。查理骨子里是一个农民或者是一个牧羊人，只要给他一支笛子或者一本书就可以了。他通常坐航空公司班车在差一刻钟五点准时到家。从薇薇安吃下的止痛药产生效果，到查理回到家，留给她的时间是 45 分钟，她必须整理和擦拭整个屋子。如果不抓紧时间，她可就惨了。人们不理解，她为什么要整天在银行工作，而不是跷着二郎腿坐在家里。但是她只不过擦一擦她能擦拭的地方而已。

　　在五年级之前，大女儿米娅一直负责把小女儿丽梦平安带回家。六年级时，正好在她结束这项任务的时候，她的班里来了一个新同学，一个长发披肩的姑娘。米娅成了她最要好的朋友。新同学充满活力，十分好动，身体常常受伤，有时伤到脚，有时伤到手。她一受伤，人们就会把她母亲叫来。她母亲也是长发披肩的。新同学始终拒绝扎起头发，哪怕是在上体育课的时候。因此，她总和体育老师发生争吵。但是主要问题是她总伤到自己的手和脚。新同学受伤后会在家里歇几个星期，在床上打发日子，耽误很多课程。米娅会把学习材料带给她，帮她学习新知识。因此，长发姑娘一家把她视为忠实可靠完美优秀的朋友，实际上是下凡的天使——这始终令米娅十分高兴，消除了她对自己生存权的种种疑虑。

实际上，大女儿米娅其实是在真正的大女儿去世之后出生的。薇薇安说，那个孩子出生几个小时之后就死了，因为她太小。米娅小时候听说过另一个大女儿，所以她断定，自己的生存权实质上是有问题的。随着时间推移，死去的大女儿变成了"第一个大女儿"，而第二个大女儿变成了纯粹的"大女儿"，小女儿自始至终都是"小女儿"。

　　长发姑娘是家里的小女儿。她和她母亲的长发是褐色的。她上面的姐姐是褐色半长发，她的大姐姐是褐色短发。她们姐妹和母亲都使用同一种护发素，Kroiter。护发素的香气在她们身后随风飘散，绿色的大瓶子在她们那套公寓三个盥洗室里占据着显著位置。

　　三姐妹对大女儿米娅的名字十分着迷，因为非常简短。而她们的名字却太有迦南人特色，非常罕见，即便在《圣经》上，这些名字也很少出现。虽然说给她们取这些名字的目的就是为了让她们各不相同，彰显每个人的独特之处，但是恰恰因为她们名字太罕见，反而使她们变得相互之间有些雷同。可以想见，她们的父母在给她们每一个女儿取名的时候，一定翻遍了《〈圣经〉用语索引》这本书。

　　迄今为止，米娅从来没有想过，为给孩子取名这么点小事，竟然能够如此大费周章。他们也给她取了个非常美丽的名字。她个人实在不习惯这样的待遇，因为她始终把自己视为家庭的一部分，是不能轻易与整体分割的一部分。但是在这里，作为一个个体，她受到了关注。同样，在我们这个世界，她也应该受到关注。

仅仅距离她家几条街而已，便是长发姑娘家，他们使用的是装在长长的绿色瓶子里的 Kroiter 牌护发素。尽管这家人投票支持右翼的完整以色列党的候选人，但是他们对米娅仍然只是当作一个人来对待，而不是当作一把行走的扫帚——她不止一次被人这样称呼过。这是一种全新的令人困惑的体验。

也是在他们家里，他们在她有生以来第一次问她，是不是画家卡斯蒂尔的亲戚，因为他们家客厅里有一幅他的画。米娅对这个画家和这幅画毫无感觉——尽管她做过努力。在她家，在诺尔多林荫道尽头，她父亲一边切洋葱，一边透过他那一把胡须告诉她，这个画家是他一个远房兄弟。她找了个机会对长发姑娘家讲了自己的家史，她注意到，她的话给这家的父亲耶书亚留下了强烈印象。他是一个高大削瘦的男人，喜欢讲他在牛津学习的往事，然而从来不知道谁在真正听他讲故事，谁仅仅在保持沉默。

米娅真心喜欢这个三姐妹都有罕见的圣经名字的家庭。她喜爱这家的母亲，虽然她因为血糖时高时低而容易发火，但她真的非常仁慈。她也喜爱这家的父亲，他理所当然地接纳她为这个家里的一员。她喜欢待在这所位于雅尔康大街的房子里，在她看来，这所房子简直就是天堂。房子里有一个柜子，分割客厅和厨房，可以两面打开：一面放客人用的刀叉，另一面放巧克力和各种坚果。唯一感到不爽的是，进入任何一个房间都要先敲门。

因为总到他们家去，她摆脱了终日攀爬社会阶梯的需要。他们是"自由党"党员，投票支持贝京。的确，米娅在他们家感觉到了自由，感觉到了，真真切切。首先，空间真大！他们有一套巨大的公寓，由两个单元合并而成。米娅从来没有见过这样做的。他家大女儿的房间是紫色的，于是家长请来专门的设计师为她调色设计，布置房间。她从他们那里学到了很多。完整的一餐饭，没有面包。每位就餐者一块布餐巾，折叠得漂漂亮亮压在自己的刀叉下面。节日用的刀叉是银质的，从爷爷的爷爷那里祖传下来。但是节日用的银质刀叉在她看来不如日常用的刀叉漂亮。日常用的刀叉闪闪发亮，是用瑞士进口的洗洁剂在电动洗碗机里清洗的。

她曾经做过一件十分丢脸的事！他们家母亲心眼很好，但是精神上有创伤，总是倾尽全力讨好每一个人。一次，她伸过手去，意思是让米娅把盘子递给她，但是米娅以为她想"抚摸她"——这是当时的说法，现在的说法是"给她点个赞"，于是米娅也回了一个点赞的手势。

当时，她 13 岁。

在头道菜和二道菜之间，母亲会点燃一支烟，大家围绕着饭桌谈论卡夫卡，每个人都参与到讨论之中。这种时刻，往往会请一位修甲师来家里，省得大老远开车往霍隆美容院跑了。

他们家里讲的希伯来语与众不同，和学校里教的不一样。总而言之，在他们家里，有些东西是带有私密性的。家里摆满书籍，希伯来文书籍，一部分是新的，比如《跳蚤马戏团》，还有一些她没有听说过的名字。倘若在这个家里说到某些敏感词汇，可能会惹火烧身。但是另一方面，他们却把长发姑娘送进了这所学校。在这里，老师们有时候会把食堂里 A. D. 戈尔登的塑像换成别人的塑像。"自由党"党员竟然送习惯吃美食的女儿到吃劳工午餐的学校来学习。她在前一所学校不适应，所以把她转到向各类孩子开放的 A. D. 戈尔登来学习。长发姑娘遭到报复，骨折了。

大房子由一个名叫拉米的工人打理。他是个高个子男人，债务缠身，现在吸取了教训，正在还债。米娅和她闺蜜像对待大街上扫街的人一样对待他，无视他的存在。但是在闺蜜家，她们也会有一搭无一搭地和他说上几句话。若是在大街上单独碰到他，米娅也会直接选择无视，因为她认为这是惯例。有一次在迪赞戈夫大街上，她和他打招呼，他却没有回应。

米娅觉得这一家是一群懂得生活的人。他们从"自由党"党员转变成"自由人党"党员，在米娅看来，他们的自由度更大了，因为现在已经变得无边无际。吃饭的时候，他们会嘲笑说话的人而不是嘲笑他说过的话。也就是说，第一个人说了一件事，第二个人会嘲笑他在讲笑话。有的时候，如果确实想要讲笑话，他就会说："给你们讲个笑话……"此时，他会讲好几分钟，大家全都听他讲，没有人打断他。

他们家有一家巧克力工厂，向军队提供质量一流的巧克力酱，向城里一些最优秀的面包房提供另一品质的巧克力酱。在他们家巨大的西屋牌冰箱里，永远会有一个脆皮大蛋糕，是由这些面包房其中的一家给他们送来的。有的时候是两个不同的蛋糕，有的时候甚至是三个，事先已经切好了。这个时候，米娅会得到三块，每种一块，和她的闺蜜长发姑娘一模一样。她的闺蜜在手骨折或者脚骨折不能跑到外面去尽情撒野的时候，脾气会变得很坏，此时家里人特别称赞米娅的忍耐力。她会每天在他们家里待上几个小时，而不回自己的家。米娅不知道还可以这样称赞一个人，尤其是可以这样称赞她。这一切本来也非常方便，因为长发姑娘家住在雅尔康大街，几乎靠近诺尔多林荫道拐角处，面对着独立公园，独立公园背后就是地中海。唯一把她们分隔开的只是这条美丽的林荫道而已。米娅身材单薄，比名模崔姬还要瘦。她的腿又长又细，步幅很大，加之距离如此之短，树木高大优美，她的心情为之振奋，什么空虚啊无聊啊，统统不会在她身上发生。米娅在这条美丽的林荫道上来来回回，不知道走过了多少次。

学校食堂是个巨大的长方形建筑，一端的木质底座上，摆放着 A. D. 戈尔登的半身雕像。又长又窄的餐桌摆成两排，没有椅子，只有简易的长凳。餐桌中央摆着一只大盆，孩子们把盘子里不想吃的东西倒在里面，然后去取下一道菜。这个大盆称为"大锅烩"，这个创意来自基布兹的饮食文化。现在，吃"大锅烩"的人已经没有了，而"大锅烩"这个词已经演变为统称那些从事多种行业的人，或者担任多种职务根据需要随时转换的人。

学校有一张时间表。在孩子们到食堂集合之前，茨维校长会敲三声锣，宣布时间已到差 5 分钟 1 点。这个锣从哪里来的？真的是中国古锣吗？没有人问过，也没有人知道。锣声响过之后，孩子们走进食堂，分坐在长桌两边。当然，他们先要在音乐老师手风琴伴奏下高声唱歌，唱歌之后，校长用他沙哑的烟酒嗓宣读学校日志，即所谓"每日必做"。

在这几分钟里，食堂里鸦雀无声。孩子们一声不吭，茨维校长也没有咳嗽或者清喉咙。

每周有一天是劳动日，因为在学校的校训中，居于首位的是戈尔登的教导：劳动和学习。但是实际上，学校里流行着各种各样的意识形态，很难探究老师们的内心。

在劳动日，班里学生分别做不同的事情：三分之一学习木工或缝纫，有男生有女生；三分之一去农场下地劳动；还有三分之一学习家务劳动，包括学习粮食的种类、重要性以及烹调。每周这一天是公认的自由日，因为除了做家务劳动的学生需要做家庭作业之外，其他学生不必再做家庭作业。通常家庭作业需要笔头回答一些诸如蛋白质是什么的简单问题。而大多数去做家务劳动的学生都不回答，因为在班里其他学生都没有家庭作业的情况下他们也只是随大流而已。

有传言说，家务劳动老师也经历过大屠杀，孩子们非常害怕她。那一时期，人们总是害怕经历过大屠杀的人，因为不知道他会做出什么事情来。这个老师非常严厉，但她不是一个坏女人，这从她对学生的处罚可以看出来。孩子们在家里如果说这个老师是从盖世太保那里学来的，会挨家长耳光的。在有些家庭，根本不允许说"盖世太保"这几个字。大家全都尊重家务劳动老师，不能给她提意见。如果孩子们来投诉家务劳动老师的话，班主任也会闭上眼睛不理不睬，似乎没有办法，只能听之任之。

35 年之后，长发姑娘——这些年她一直保留同一发型，只偶尔剪短一些，除了增添几根白发之外，她的头发依然是浓密的深褐色——决定把米娅从朋友圈踢出去。

做这个决定不是突然一下心血来潮，导致她宣布这一决定的事件，只是压倒骆驼的最后一根稻草而已。

20 多年来，两人关系磕磕绊绊，但是念及昔日的美好时光，关系一直维持着。这次，长发女邀请她出席安息日午餐。应邀出席这次午餐的有一些以色列大人物和名人。他们有的剃掉大部分头发，却在脑后留个马尾辫，有的仿照他们孩子的最新时尚留着寸头，尽管他们的头发已经灰白而稀疏。

　　长发女之前从来没有尝试过这样的社交方式，也没有请米娅来接触过她沙龙里的人物。两人一直是单独见面，私下交谈，相互尊重，期待某种奇迹发生。

　　在这次创新的安息日午餐上，米娅没有加入大家的闲聊，按照她的话说，处在那个地位，聊天的话题和她没有什么关系，所以她显得缺乏社会责任感，而且极其另类。此后，长发女决定将她逐出朋友圈，而且立即就做。

　　但是事实上，过了几个月之后，长发女才在电话里告知她的女友。她详细解释说，这都是因为米娅在那次美妙的安息日午餐上没有加入大家的闲聊，也没有像其他所有来宾一样享受来自齐纳威屠夫的羊肉。长发女的丈夫讲了他如何以便宜价格买来羊肉的故事，米娅充耳不闻；长发女的丈夫讲了他如何在雅法跳蚤市场的第三个摊位，从一个阿拉伯人那里，以可笑的价格买到了某种水果或者某种坚果的故事，米娅毫无兴趣。在长发女的丈夫讲这些雅法冒险故事的时候，米娅站起身来，走到靠墙的书架上，弯腰取出一本奥斯卡·王尔德的书，看也没有看，只是随手翻了翻。当她注意到自己的行为与大家格格不入的时候，赶忙合上书，回身继续听他讲故事，但是为时已晚。

在一次家务劳动课上，米娅和她的闺蜜长发姑娘，像两个最要好的朋友一样，紧紧依靠着坐在一起。那天闺蜜没有骨折，四肢完好无损。家务劳动老师在教室里来回走动，看看要挑谁的毛病。果然，她盯上了米娅。她弯下腰拿起练习本，一页页翻，看她是否回答了"什么是碳水化合物"这个问题。——没有。她没有回答。在上节课她写下来并画上红线的问题下面，是一页空白。家务劳动老师再次弯下腰，她的眼镜从鼻梁上往下掉了一些，鼻尖几乎挨上米娅的练习本，从这个高度（她们俩一个坐着一个站着，此时处在同一高度），老师的脸转向她，一边直起身一边问道：

"你今天有多少家庭作……作业要做？"

这个问题有点夸张，因为地域口音问题，那个"作"字说了好几遍。像以往一样，家务劳动老师不满足于说一说而已，而是大踏步走向黑板，同时又问了一句："你今天有多少家庭作……作业？"然后向后一转，返回另一条过道，问全班同学："你今天有多少家庭作……作业？"全班一阵哄笑，长发姑娘摇了摇头，家务劳动老师继续向前走，拉了一下连衣裙的拉链。一声尖叫划破空气，惊得家务劳动老师站在原地不敢动弹。

长发姑娘的头发被老师的拉链夹住了。这是一条又厚又硬的拉链，比家里用的那种硬很多，现在已经很少使用这种拉链了。缝纫和刺绣老师赶快过来帮忙，但也没有办法把拉链与长发姑娘的头发分开。长发姑娘大喊大叫，抗议大家的安慰，那时的样子，简直无法形容。没办法，只能喊来校长，给长发姑娘的母亲打电话。

母亲赶来，坚持要剪下一段拉锁，或者剪下一块连衣裙，然后带女儿去看专家，让专家仔细取出头发。但是家务劳动老师生气地说，从这个娇生惯养的孩子头上剪掉一点头发，不会有任何影响，头发还会长出来！还会长长！难道这里不是犹太人的国家吗？听到这些话，长发姑娘又尖声哭喊起来，母亲忙说："别害怕，别害怕。"她许诺给老师买10条裙子，代替她身上这件。但是老师也坚持毫不让步。

"我跟她说过把头发剪短点，"母亲说道，"上中学时再留长发。中学生都留长发。我在中学没有留过长发。小学生不留长发。现在，你们看，"母亲指着留有一头不算太短的金黄色卷发的米娅说道，"她父母明白道理。他们出生在埃及，但是在家里说的是法语。埃及人和其他东方犹太人不大一样的。"

她们之间的友谊又持续了很多年，但是在没有她父母的参与之下，这种友谊越来越淡，直至那次安息日午餐之后，友谊彻底消亡。显然，长发女邀请米娅参加，是想还和儿时那样，在她家里无拘无束地闲聊。但是米娅却少言寡语，她确实不会聊天。大家聊的东西没有什么实质内容，东一榔头西一棒子的。有个客人坦白说，虽然实际上没有必要，但他仍然服用伟哥，这的确改善了他的性生活，提高了生活质量。还有一个客人说，他恰恰也是因为同一个理由服用伟哥。女人们也笑着交流起床笫之事。男人们很喜欢女人这种开放的说话方式。长发女犀利的目光愤怒地看着米娅。作为女主人，她对局面的控制有点力不从心。看到自己年龄尚小的女儿也坐在桌子旁边听大人们说话，她更加感觉很不舒服。她的老朋友发现，在齐纳威买肉的男人也有稳定的性生活，而长发女的两眼正死死盯着她，仿佛自己是个陌生人。

缝纫和刺绣老师终于把拉锁和长发姑娘的头发分开了，只有几根掉下来的头发还嵌在拉锁里面。

大家全松了一口气，唯独米娅除外，她本来恰恰希望今天有东西被剪掉：连衣裙或者头发。随后，全班返回家务劳动课（只有长发姑娘被带回家），老师继续讲解碳水化合物，此时，米娅陷入深深的沮丧，一切重新回归老样子，这令她十分失望。老师在黑板上留下了家庭作业：回答问题，"脂肪是什么？"她说，两周之后，进行食物全类别考试。

第七章　革命

空气中可以感受到，革命即将来临。白色黄金（棉花）工人展开大罢工，埃及其他行业的工人也跃跃欲试。示威游行遭到强力镇压，罢工和示威游行的领导者被投入监狱，受到惩罚。

只有居住在茅草棚里的农民还一直在说"Maktub，Maktub"①，他们不知道，在这个世界上，还有另外一种生活方式，少些艰苦，多些无常。他们继续喝着从尼罗河引来的水，尽管里面可能有血吸虫；小孩子患上沙眼病，成年人患上肾病，年纪轻轻便失去生命。

"青年守卫者"组织的开罗青年，在尼罗河沿岸拜访这些农民，为的是训练这里的青年适应基布兹生活。在尼罗河沿岸，他们经历了人生第一次犁地、第一次施肥、第一次播种和第一次种菜。来自以色列的代表对他们说过，在基布兹，一切都与

_____

① 阿拉伯语，"写定的""命中注定的"之意。

这里大不相同。尽管如此，这个组织的领导人仍然希望埃及的青年人能够从埃及带来"属于他们的东西"。

这样的拜访极大震撼了维塔·卡斯蒂尔，给他带来别样的领悟，不完全是农业方面的。他没有想到，这里的农民仍然过着这样的生活，没有厕所，没有电，没有自来水。维塔承受着深深的痛苦。

至此，他深深感受到穷人和富人之间巨大的差距，看到了什么是腐败、不公、歧视，什么是卡尔·马克思所说的阶级斗争。作为埃及人，他开始参加反对法鲁克王朝制度的示威游行。作为犹太复国主义者，他帮助犹太人从埃及逃离。做这两件事，他冒着极大的生命危险。

在埃及，接受过"青年守卫者"组织教育的人，走上街头抗议法鲁克国王的，并不很多。维塔算是其中一个，有时候还带上他的弟弟查理和好朋友布鲁诺。但是维塔很有责任心，因此，每次遇到危险时，总是先让弟弟回家去，或者故意弄丢布鲁诺，他自己继续随着人流向伊斯梅利亚广场走去，与警察和军队搏斗。

一天，发生一场特大规模游行示威，示威人群从开罗大学出发，向伊斯梅利亚广场前进。维塔带着满满几袋子大大小小的石子，当他要躲避警察追赶时，便在身后扔下这些石子。警察踩上石子，会磕磕绊绊，更主要的是，骑警的马匹会因此而滑倒。

他经过阿巴斯桥逃跑。阿巴斯桥是尼罗河上的一座桥梁，桥身分为两部分，中间可以抬升起来，便于大船通过。当他和其他几百名示威者到达阿巴斯桥时，警察正在抬升大桥。大批示威者纷纷在桥两端滚落，落入下面等候的警察和军队手中，被他们往死里打。另一些人吊在大桥中间升起的部分，军队向他们开枪，一些人被击中，消失在水中。数百人落入或者跳入尼罗河，其中很多被河水淹死。有些示威者从岸边游向河心，抢救落水者。

维塔在升起的大桥上抓住生锈的铁栏杆，吊在半空中。抓着栏杆的手掌越来越苍白，失去了力量。没有办法，只能向下跳。他估计高度大约有 20 米，桥面几乎已经垂直于尼罗河。他看见其他人跳进尼罗河中，有他下面的，也有他上面的。有些人头向下扎进水中，仿佛是参加奥运会的运动员，而不是可能遭到屠杀的示威者。

他估计，从这个高度跳进水中，肯定如同跳到水泥地面上。他看见下面有小船捞起了跳下去的人。

"Maktub。"他自言自语着，松开了手。

下落过程短暂、猛烈、难以忘怀。他的头好像要飞出去，与身体脱离，但是他极力用手掌保护脖颈，向前拉住自己的脖子和肩膀，然而此时身体开始不受控制，向各个方向飘荡。他试图保持某种重心，但从自然角度来说，这是一次与其他下落没有区别的下落：不论是人还是石头，都一样。

在水里，他恢复了意识，睁大眼睛，努力向上游，虽然说除了幽暗和气泡之外什么也看不见。一些水草缠住了他，他挣扎着，尽量不吞水。当他到达水面，可以恢复呼吸的时候，他注意到一个示威者正向他游过来。这个埃及青年告诉他往一条小船方向游。一颗没有击中他的子弹在水面跳舞。维塔不大会游泳，但此时他已经忘记了这个事实，在那个青年指引下拼尽全力游过去。青年回过头，朝着正用双手奋力击水、在浑浊的尼罗河水中拼命向前游的维塔高喊："加油，加油，乞力马扎罗！"

等到他们两人爬上小船，又有几个游过来的青年也爬了上来，维塔才注意到，他们周围漂浮着尸体。他倍感绝望。落水之后仍然保住了性命的事实，并没有使他高兴起来。那个埃及青年感觉到他心情不好，一再冲他高喊："加油，加油，乞力马扎罗！"

从此以后，这个口号便成了他个人的座右铭，甚至还根据自己从课堂学来的地理知识，进一步发扬光大。在卡塔维帕沙小学，维塔是个很有求知欲的学生，特别喜欢历史和地理。后来在商业中学，历史老师米斯耶·哈比卜允许他自由出入图书馆，并且向他推荐阅读书目。他常常在图书馆一坐就是几个小时，还把图书带回家。有一次，米斯耶·哈比卜老师甚至把地球仪借给维塔用了几天，他仔细研究了一番。

从此，他有了自己的行路指引：右手边是乞力马扎罗峰、珠穆朗玛峰、勃朗峰、奥霍斯德尔萨拉多峰、阿空加瓜峰，左手边则是——"Maktub"。

在他生命最后的日子，在三病房，人们问他叫什么名字，他脱口而出："大卫。"尽管这是他父亲的名字。他的神志非常清醒，又说了一遍："你们就写大卫吧，我的名字叫大卫·卡斯蒂尔。"

在他的身份证上，还写着一个名字，"埃米尔"，这是他据以离开埃及的假身份证上的名字。但是他不喜欢这个名字，尽管在他后来工作的贴现银行里，大家都喜欢他"埃米尔"这个名字，透着一股香气，甚至在他死后，银行行政部门发布的吊唁公告用的也是这个名字。但是在家庭公告中，他被称作"维克托"——据他妻子阿黛尔说，这是维塔的全称。

在沙乌尔镇吊唁大厅，大女儿米娅宣读了对伯父的悼词。悼词印在橘黄色纸上。继她之后，她的妹妹，小女儿丽梦也宣读了悼词。丽梦赞美了他灰白的额发、他的胡须、他慈祥的微笑和他永远鼓舞着周围人的信心。

此时，维塔的知心好友、埃及帮核心人物茨维·提罗什走上讲台，面对青年一代，讲述了维塔无论作为埃及追求正义的战士，还是作为"青年守卫者"组织的积极分子，都是那样足智多谋。他曾经冒着生命危险，用伪造的护照将犹太人偷渡出埃及。这是以色列建国之后的事情，但他不是将犹太人偷渡到以色列，而是偷渡到其他国家，例如法国、加拿大和阿根廷，因为他不喜欢把移民申请人分为三六九等，然而这是"青年守卫者"组织给马尔祖克博士分配的任务。正是这个马尔祖克，1955 年被纳赛尔判处死刑，全然不顾他的母亲就是他纳赛尔本人的乳娘。马尔祖克博士为所有申请人做了全面体检，只有健康的可以从事重体力劳动的人才能向以色列偷渡，其他人则被暂时留在埃及。

茨维·提罗什对青年一代的讲话令人十分震撼，特别是考虑到现场有三五个可以称为"青年一代"青年人。他请求他们，不要忘记维塔的大无畏精神和丰功伟绩。他不仅参加过反对埃及腐败制度的示威游行，还在"青年守卫者"组织的领导下，组织数万犹太人移居世界各地。他是组织中最勇敢的人。他还是一个注重实践的人，曾经在哈雷特犹太人区挨家挨户敲开大门，说服家长把孩子交给他，成功使用各种各样的手段为他们找来假护照，并且在埃及警察眼皮底下把他们送上船！

提罗什还说，维塔有一颗无比坚强的心，这颗心在四年前他的独生女去世时受到重创。他告诉青年人，维塔独生女奥塔尔的后 25 年，生活的全部，就是从医院进进出出。在她接受各种痛苦检查的时候，在她身体极度难受的时候，在她遇到各种障碍的时候，维塔总是鼓励她说："加油，加油，乞力马扎罗！加油，加油，珠穆朗玛峰！"就这样，他让她的生命至少延长了10年。只要她还活着，他也这样激励自己："加油，加油，勃朗峰！加油，加油，奥霍斯德尔萨拉多峰！加油，加油，阿空加瓜峰！"等他把这些高大的山峰全部诵念一遍之后，他会从头再诵念一遍。

提罗什忘记说的是，除了这些高山之外，维塔还反复对他自己和他女儿说"耐心"。在他生命中，每当遇到某种荒谬之事或者某种极端困难，他总是说，耐心。有时候他是笑着说的，因为困难太大了。

他的女儿去世后，他不再说乞力马扎罗。面对伤心欲绝的妻子阿黛尔，他说过几次"Maktub"。但是阿黛尔拒绝相信，仍然继续和独生女儿说话，仿佛她还活着。这对维塔来说太难了，因为他不相信能和灵魂交流。从他女儿去世到他自己去世，四年里，他对自己说了很多次"耐心"。

他葬在离女儿不远的地方，是五兄弟中最后一个去世的。

第八章　猪年

　　我们全都听说过并且学到过西班牙驱逐犹太人事件。在1492年，西班牙王权决定将犹太人与改宗者（当然，他们是马拉诺①，后来也遭到打击）一劳永逸地分开。同样，西班牙王权也将穆斯林与摩里斯科人②分开了。

　　在很多书中，作者们将这一事件描写为15世纪犹太人的一场巨大灾难——先是遭到西班牙驱逐，随后又遭到葡萄牙驱逐。作者们连篇累牍描写了马拉诺人，隐瞒自己的犹太身份，获准留在他们国家，但是仍然没有逃脱宗教裁判所的迫害。另一方面，他们也详细描述了被驱逐者的艰辛和苦难、他们的损失和他们的勇敢。通常还会详细描述他们流浪的路径，他们在别的地方定居下来的尝试，有成功的，也有不成功的。

---

① 指表面上改信基督教实际上仍然信奉原宗教的犹太人和摩尔人。
② 指改信基督教的西班牙穆斯林及其后裔。

但是伯克利大学约纳坦·扎迪克关于这一时期的独特观点，除了他自己之外，很难相信还会有人可以接受。

　　扎迪克的文章，在 21 世纪前 10 年，通过互联网广泛流传。他解释并且证明说，1492 年，在西班牙是猪年。他没有详细阐述，除了西班牙之外，其他王国哪年是猪年；也没有详细阐述，在西班牙或者当时世界上其他国家，哪年是狐狸年，哪年是浣熊年，哪年是猫头鹰年。他的结论只针对猪，只针对当年的西班牙。

　　从 1492 年开始，10 年里——伯克利大学的扎迪克写到——西班牙从它的胃里吐出了猪的两大敌人：犹太人和穆斯林。

　　诚然，扎迪克准确地看到了事实，但他的脑子该有多么扭曲啊。

　　我们应该记住，当西班牙还是一个伊斯兰国家时，多毛的深棕色伊比利亚猪是遭到厌恶、禁止饲养的。仅在一些荒无人烟的地方，在个别封闭的修道院里有人饲养和食用。

　　这位北美学者还提供了一个数据：在西班牙驱逐犹太人那年，哥伦布也出海航行到达美洲。他带去了什么？他带去了 8 头伊比利亚猪，并且把它们留在了新大陆。这些猪在美洲各地繁衍，随着烟熏红辣椒的发现，最终发明出了西班牙辣香肠 Chorizo，从而使得营养丰富价格低廉的猪肉受到底层社会的欢迎。

下面的事实同样发生在那一年，或者发生在之后一年，最多不超过两年。诚然，卡斯蒂尔七兄弟在西班牙驱逐犹太人事件中幸存下来，并且安全抵达加沙海岸，但是实际情况是，最初，他们本来应该是卡斯蒂尔八兄弟，关于第八个兄弟的故事——我们会在这里告诉大家——这个家族的传统是，闭口不谈。个中是是非非，留给他人评说吧。

那些天，卡斯蒂尔家族多数成员住在托里城①，城市位于卡斯蒂利亚，或者按照阿拉伯历史学家的说法，叫做卡斯塔拉。大儿子犹大有一家生意不错的肥皂厂，用薰衣草制作。围绕这家由他父亲建立的工厂，或者在这家工厂附近，七兄弟过着衣食无忧的生活，有的大面积种植这种冷酷无情的紫色花朵，有的放养众多羊群，主要是莫里诺羊。他们的妻子有的梳理羊毛，有的制作羊毛布料。

费尔南多二世和他妻子伊莎贝拉女王宣布命令，规定犹太人必须改信基督教，否则必须在四个月内离开卡斯蒂利亚和阿尔贡。此令一出，长兄犹大立即派其女儿艾丝特，召集家族成员连夜召开紧急秘密会议。那夜，家族成员从托里城各个方向赶过来，聚集在一起。天气寒冷，口中的热气刚一呼出来便瞬间成为一团白雾。

---

① 全称"托里达摩尔莫乔恩城"。为阅读更加流畅，译者对文内个别地名、人名做简化处理。

来到这里的差不多有 40 人。他们以往在安息日和节假日常常相互招待，亲人过世时也会相互拜访，但是一下子这么多人召开紧急秘密会议，还从来没有经历过。犹大用沙哑的声音缓缓地发言，他说，他有预感，不相信费尔南多和伊莎贝拉的财政大臣阿布拉瓦内尔能说服他们废除这一恶法，顶多能延期，然而那又能怎样呢？

在这次会议之前，他心里已经做出了决定：必须立即离开，不要错失留给他们的时间。他们必须赶快逃命，赶在所有犹太人离开之前。拥挤和慌张之下，无法预料会发生什么事。兄弟们认为，如果他们的长兄断定必须逃跑的话，没有理由怀疑他，因为他是家族肥皂厂的骄傲，名声显赫，他的心与托里城紧密相连，与这片紫色的薰衣草地紧密相连。显然，卡斯蒂尔兄弟和家族中，没有人提出改变宗教的想法。

犹大给他们 20 天准备时间。他还和家族的拉比——伊茨哈克·阿布哈卜拉比——约定，让他与他们一起离开。拉比还带来了不少的追随者。

卡斯蒂尔家族决定移居到临近的葡萄牙，融入葡萄牙犹太人中。先在那里安静地居住下来，然后再想办法购买土地，重新建立薰衣草肥皂厂。他们离开越快，他们的财产越能换来更高的价格。然后带上生活必需品、布匹上路，当然还有金币。

会议决定，犹大的妻子撒拉，为每个人，包括婴儿，缝制一个随身钱包。在婴儿的钱包上，她绣上了小鸡。她认为，这样一来，人们会知道，婴儿来自富裕的家庭，家人是爱他们的。

她感觉到，从他们离开托里城那一刻起，一切都是未知数。她的做法的确既聪明又有远见。最终，这些婴儿被带去了好人家。至于大人，这样的事发生过好几次：一个卡斯蒂尔家人掏空了另一个卡斯蒂尔家人的钱包——就是撒拉缝制的那种布质钱包，一分钟之后，后者把他送去了西天。

卡斯蒂尔家族带上所有能带上的东西上路了，先向北，然后向西，奔葡萄牙。他们与另外几拨犹太人汇合到一起，大家都以为葡萄牙是他们的归宿。然而他们很快明白，自己太天真了。融入葡萄牙犹太人的想法，不过是痛苦的幻想而已。葡萄牙人有他们自己的犹太人，他们不需要再来些"坏脾气的人"。出逃的卡斯蒂尔家族被他们的轻蔑态度震惊。他们根本没有意识到，来到他们这里的不是乌合之众，而是一些尊贵的犹太人，这些犹太人中甚至有一个懂得肥皂制作技术的人，是整个伊比利亚半岛最棒的。

他们将这些犹太人视为包袱，是必须予以孤立的无家可归的难民。他们建立起难民营，里面的生活条件极为简陋，很多人死于疾病，其中包括伊茨哈克·阿布哈卜拉比。撒拉也差点死在难民营，好在最后活了下来。她的丈夫和三个孩子——双胞胎纳西姆和纳坦，长女艾丝特——也得了病，后来好了。

过了不久，葡萄牙当局屈服于国民的压力，将存活下来的难民送上 25 艘大船，希望把他们运得越远越好。

史书上讲述了一些令人毛骨悚然的故事。几艘大船的船长极其凶残，他们把犹太人扔在北非沙漠和地中海荒岛上，根本不理睬他们回到船上的请求。儿童和妇女遭到劫持、驱散，被卖为奴隶和佣人。

一艘大船满载历尽苦难骨瘦如柴的犹太人，到达马拉加市。船上有犹大和撒拉一家。当然，犹太人不能上岸，除非改信基督教。牧师每天登上船来，问船上人是否愿意在胸前画十字。这简直是无休无止的噩梦。一个受尽折磨的饥饿男子，虽然一直在说"不"，最后还是说出了"愿意"。船长来到犹大和撒拉面前，提出一项无法拒绝的方案：把他们的女儿艾丝特卖给他，价钱不高，也不算低。这是个两害相权取其轻的方案，因为它没有伤害到双胞胎兄弟纳西姆和纳坦。绝望之中，在艾丝特本人的鼓励下，他们同意了。艾丝特自知命该如此，没有吵闹。很快，她又以更高的价格被转卖了，因为她身体健康，而且面貌姣好。

在与女儿被迫分离之后，撒拉一夜之间头发全白了。早晨，她看见自己脸上布满一道道悲伤的皱纹。犹大对她说，他们的女儿是圣洁的，她牺牲了自己，成全了全家，如同一个殉道者，但是撒拉丝毫没有原谅自己。

又过了一天，父母二人和双胞胎儿子屈服了，他们改变了宗教。此后，他们返回了他们喜爱的托里城，成功地回购了大部分产业，其中有许多，靠的是出卖艾丝特得来的钱。

城里的牧师奥诺托·达·门多萨，满面笑容地欢迎这些迷路的孩子，这和当时的社会风气大不相同，也和史书记载的信息大不相同。达·门多萨对马拉诺持宽容态度，主张开导他们，因为他明白，罗马不是一天建成的。他要求他们每个礼拜日到教堂参加弥撒，严格履行宗教仪式，但不去他们家里检查他们是不是真正改宗了。他认为，如果狠狠逼迫他们，改宗过程需要一代人，而如果让他们平安过渡，改宗过程最多需要两代人。因此，没有必要让他们生活水平下降。

达·门多萨还帮助卡斯蒂尔家谈判，拿回了工厂和薰衣草田。他们此时的买价仅仅比当初的卖价稍微高一点点。原先一个名叫博尼塔的寡妇和她五个儿子接管了这份庞大产业，这个博尼塔之所以同意离开，是因为牧师对她许诺，无论在她死后还是在近期，都会有一个光明的前途。

犹大让两个双胞胎儿子进肥皂厂工作，但是撒拉不同意，她想让他们时刻与自己在一起，因为她害怕孤独。害怕孤独是她新添的毛病，是从他们回到这个城市之后开始的。

一天，在忏悔圣礼时，她对牧师达·门多萨讲述了发生在女儿艾丝特身上的事，感觉自己犯下了滔天大罪。

"在家里，"撒拉对他说，没有看他的脸，"谁也不提她的名字，连她的房间我们也彻底改变了。我们保持沉默，但是我丈夫不再是从前的他，我不能一个人待在家里，我毁了迪耶戈和佩德罗的生活。我知道，因为我对艾丝特做过的事，我会下地狱。即便作为犹太人，我也会下地狱。"

迪耶戈和佩德罗是双胞胎兄弟纳西姆和纳坦的新名字，但是在家里不这样称呼他们。

"你从地狱里救出了你的全家。"达·门多萨对她说。

"夜里，我梦见她回来了。"说完，她哽咽了，不停地哭泣，哭了很久。她的哭泣，给了达·门多萨思考时间。他对她说：

"你可以保证，如果艾丝特回来，你肯放弃一切，去做圣事吗？"

"这是什么意思？当然会啦。我保证，我会去做，放弃一切去做，"她说，"我会成为整个卡斯蒂利亚改宗者的模范。"她保证道。

"我要看看能做些什么。"达·门多萨说。

撒拉不知道，他的话是承诺还是仅仅为了安慰她。但是好心的达·门多萨动用了他在教堂和本笃会修道院——其中一个是他小时候住过的修道院——所有关系，不停地寻找。

很久以来，他一直想在托里城为某件事做一次弥撒，以此证明是谁在管理这个城市。他认为，找回艾丝特正对路子，是让市民向改宗者赎罪的好机会。一个杳无音信的女儿，回到变为新基督徒的父母身边，会将信众的生活推向高峰，成为向所有"迷途羔羊"灌输纯粹基督教信仰的一个范例。

最后，在欧洲最南端，在直布罗陀岩山和北非之间，一个叫做"塔里发岛"的弹丸小岛，找到了身体健康毫发无损的艾丝特。西班牙人鼓励人们在那里定居，作为抵御北非外敌入侵的屏障，而教堂也给每个居住在塔里发岛一年以上的人一个激励：既往不咎，原谅未来。

胡安·洛佩兹船长，艾丝特回忆说，在买走她当天，把她转卖给了在岸上等待的一个名叫弗朗西斯科·马尔雅多的巴斯克人。艾丝特成为他的奴隶，之后怀着他的孩子逃跑了。逃跑过程中，她流产了。后来马尔雅多追上艾丝特，把她带了回去。但是她流产后，病得非常严重。马尔雅多便把她交给了他的姐姐艾尔维拉照看。艾尔维拉住在塔里发岛，她的丈夫赫罗尼莫又聋又瞎，在那里看守灯塔。

在塔里发岛，艾丝特第二次被带入基督教的怀抱。在仁慈的艾尔维拉帮助下，她慢慢恢复了健康，并且从她那里学会了如何喂养伊比利亚猪，知道猪喜欢吃什么，猪多么有好奇心，猪多么聪明。艾尔维拉还教她看懂猪的肢体语言，教她怎样训练猪：拿一根顺手的木棍，始终站在木棍右侧，不要走偏。总之，艾尔维拉让她重新站立起来，教会她许多东西，既有生活方面的，也有养猪方面的。

晚上睡觉时，赫罗尼莫从不打扰艾丝特。三人相安无事，生活在灯塔里面。实际上，艾丝特概括说，这是她生命中最美好的一段经历。她的说法震撼了所有人。她说，每到安息日，她都避免照料那些猪，艾尔维拉十分理解她。

艾丝特建议家里人在托里城养一群伊比利亚猪。因为这不仅利润丰厚，而且还能以此向所有人证明，他们已经彻底改变了宗教信仰，而不必向任何人解释，为什么他们要在星期五打扫房间，沐浴更衣，为什么要从肉里挑出筋来①。

"如果我们有这样一群猪，妈妈，"艾丝特请求撒拉，"没有人敢找我们的麻烦。相信我。我在艾尔维拉那里学到了很多，我可以照看这些猪，条件是给我准备一个养猪场。"摆在眼前的无数事实及其对艾丝特本人和生活的影响，令撒拉目瞪口呆。

"这样一来，我们不得不划出一块薰衣草田。"迪耶戈—纳西姆喊道。

"用养猪赚来的钱，我们可以买更多的薰衣草田！"艾丝特胸有成竹地说。

撒拉一直担心地看着沉默无语的犹大。

"我觉得这个想法棒极了。"佩德罗-纳坦说。

"我觉得也是。"迪耶戈-纳西姆附和道。

---

① 犹太教教规，不可食用肉中的筋。

"公猪比母猪贵，但是不要担心，"艾丝特又补充了一些知识，也许说得有点早，"猪的繁殖速度很快。母猪给小猪喂过奶之后，过几天就可以重新怀孕。身体强壮的小猪崽会把身体瘦弱的挤到边上去吃妈妈的奶，边上的奶头一般不够吃，很快会饿死。但是可以在自然死亡之前，及时找到瘦弱的猪崽，卖掉它们。小猪崽的肉在富人看来是无比的美味。"

"当然，我，"她迅速补充道，"没吃过猪肉。我只吃素食，还有很多面包。那边，在塔里发，也烤面包，有点像逾越节①的无酵饼，只是更厚一点。"

此时，这个改宗家庭寂静无声。艾丝特也感觉自己说的太多了，尽管如此，她还是补充道：

"猪在生活中很守纪律，身体也很强壮，不容易生病。它们聪明伶俐，喜欢玩耍。"

"它们吃什么？"犹大问。终于，他打破沉默，因为生气而两眼通红。

"什么都吃，"艾丝特回答说，"树，灌木，肉，所有东西。"

"薰衣草也吃吗？"犹大问，似乎随时会一巴掌朝女儿扇过去。

"不吃，不用担心，爸爸。薰衣草对猪来说是苦的。我知道怎么控制它们，可以带它们到离家很远的地方放养，为了更安

---

① 犹太教节日，纪念以色列人走出埃及，获得自由。逾越节期间不能使用有酵母的面食。

全，让它们吃饱之后再回来。"

犹大左右摇晃着头表示反对，但是撒拉却很高兴。不管是犹太人或者是基督徒，反正她所有孩子都在身边，都活着，这再好不过了。艾丝特在失踪期间还学了本事，这个本事可以担保他们不被视为犹太人。在她撒拉看来，现在苦尽甘来，必须安排新生活了。下个礼拜日，要举行弥撒，要给艾丝特施洗。这是自从她被夺走之后，第三次洗礼。

达·门多萨牧师想给艾丝特改名叫玛丽亚，但是撒拉请求他把名字改成比阿特丽斯，这个名字在改宗者中很普遍。仪式之后，她向达·门多萨讲了扩大经营、建立养猪场的计划。他建议她在市场上买比较瘦的猪，把它们养胖。这样做比较值，可以用同样的钱买更多的猪。

建养猪场的工作，包括建围栏，持续了三天。在这三天，犹大不吃不喝，哀悼服丧。撒拉向他保证，他们不再参加更多的弥撒，仅限一个月一次，重要的弥撒已经过去了。"我向你保证，我不会接触这些不洁的动物，"她突然对他说，"你相信我吗？"

从那天开始，艾丝特-比阿特丽斯每天出门放猪，尽可能离家远一些，傍晚才回来。在她悉心照料下，猪越长越肥，越来越多。

但在此时，这个改宗家庭发生了一件事。犹大无法忍受他的女儿比阿特丽斯留在家里，因为她的身上和衣服上粘着可怕的猪味。母亲用家里生产的薰衣草香皂，给女儿反复清洗也无济于事，在她身上喷上玫瑰香水也毫无作用。犹大每次碰见女儿之后，身体马上会前仰后合，好像要吐出来的样子。他会发出痛苦的声音，似乎遭受到沉重打击。

最后，没有别的办法，迪耶戈和佩德罗给她建了一个茅草屋，茅草屋只有一堵墙是和家里的房子共有的，一条简易的小路从茅草屋通向养猪场。她将住在茅草屋，睡在茅草屋，在外面吃饭，养猪，放猪，宰猪。

但是犹大已经完全跌入深深的忧郁之中，开始不愿意去肥皂厂。慢慢地，养猪场的收入变成了家庭的主要收入，家里越来越富裕，被诅咒的钱来自被流放的女儿。此时，撒拉的名字已经改为康斯坦莎，连她也疏远了艾丝特-比阿特丽斯，当然，实际上很难忘记她的存在，因为猪的味道吸附在房子的墙上和家具上，撒拉无法摆脱。

这是家族历史上一段可怕的日子，所以大家宁愿忘记。但是，上天依然眷顾他们，派天使达·门多萨来到他们身边。在各个地方宗教审判肆虐的日子里，他是一个非常好心的牧师！一次，撒拉-康斯坦莎和达·门多萨商议——当时犹大也在场，毫无表情——她想把肥皂厂和薰衣草田租给牧师的至亲，他可以雇佣附近修道院的修女当工人。

那个年代，大多数信息源自流言蜚语。西班牙大逐犹之后，荒废的犹太人墓地成了编造各种各样流言蜚语的原料。有一条流言说，犹太人墓穴之间长出的植物，对猪的健康和免疫极为有利，用来喂猪比用平常食料好得多。因此，很多养猪人把猪放养在犹太人墓地里，有的时候，猪会躺在墓碑上休息。然而，艾丝特从来不会去犹太人墓地放猪，不让猪去那里尝鲜。有一次，三个青年看见艾丝特生气地用脚踢三只猪，几乎要把猪头踢碎，一边踢一边喊，让猪不敢靠近犹太人墓地。三个青年立即告发了她，结果东窗事发。

就这样，艾丝特被带到了托里城宗教裁判所。另外一些告密者还听到一条消息说，阿-瑞秋家向城里的改宗者供应洁食肉品，而康斯坦莎-撒拉总会在星期四从阿-瑞秋家里出来，手里拿着一包东西，而她去的时候手里没有东西。还有一次，他们看见她在星期五一大早把床单挂出来，他们说，她这样做是为了在进入安息日之前床单可以晾干——也就是说，宗教裁判所的眼睛不仅仅盯着女儿，也盯着母亲。但是，那些志愿为宗教裁判所服务、逮捕异教徒的贵族们，更愿意拘禁年轻而且健康的女儿，因为可以在她繁衍后代之前尽早处理她。

撒拉哭喊着，让他们带走自己，不要带走女儿，然而无济于事。她跌倒在地，失去知觉，犹大扶起自己的妻子，怀里抱着她。牧师达·门多萨听到了改宗者家里传来的哭声，可他又能怎样呢？可是，那天半夜，康斯坦莎敲开了他家的门，他问牧师，是不是没有办法像过去那样帮助她了，他在宗教裁判所有没有关系。她穷尽了各种可能性。关于在宗教裁判所有没有关系，他的答复是，没有。但是他建议她，去找著名律师胡安·达·霍希斯，代表养猪人与裁判所审判人员交涉。

迪耶戈和佩德罗迅速卖掉了所有的猪，以免像通常那样被没收，卖猪的钱用来搭救狱中的艾丝特。犹大乐于看见他们把猪卖掉，他忽然一下子身体康复了，身上又有了力气。他回到工厂，打发走修女，召回原来的工人，与修道院达成了平等的利润分配协议。他的面颊恢复了光泽，看上去好像年轻了10岁。

撒拉不愿意看见丈夫又缓过神来。犹大反对雇请律师，因为律师费实在太高了，不过到最后，他还是同意了，因为他实在敌不过妻子的激辩。

达·霍希斯本人也是个改宗的犹太人，深谙宗教裁判的弱点。他年纪大约35岁，骨瘦如柴，弱不禁风，似乎未来的日子屈指可数。艾丝特曾在塔里发居住过一段时间，他想以此为她做有利辩护。她在那里住的时间超过一年以上，因而可以作为彻底赦免的条件。但是裁判所控告方声称，他没有任何证据证明，被告在塔里发是以基督徒身份生活的，因为她在回到托里城之后才受洗。尽管她一再说，在塔里发，她已经是第二次受洗，因为第一次是在马拉加，但是没有人相信她。

达·霍希斯于是派人去寻找赫罗尼莫的妻子艾尔维拉为她作证，但是派去的人两手空空回来说：在塔里发岛上没有艾尔维拉，也没有赫罗尼莫。律师对于从这个方向为她辩护彻底绝望，转而满怀信心地争辩说，没有任何一个遵从犹太教信仰的犹太人会碰一头猪，更不用说以养猪为生意对付一群猪了。他的脸发生剧烈扭曲，因为他也厌恶这个生意。

然而艾丝特在受到折磨时，承认了异端。诚然，酷刑期间的供词被认为是无效的，被告必须在头脑清醒时而不是在酷刑室中重复这一供述，但艾丝特在平静的气氛中也依然再次认罪。她坐在审讯官对面，出于"自由意志和头脑清醒"，在供词上签了字。

调查和审判持续了大约两年，最终判决是，艾丝特必须与教会和解，即回到基督教的怀抱，身穿忏悔服即火刑服一年。起初，她会在火刑行刑时穿上它，之后的半年里，她会软禁在一个可靠的基督教家庭里（宗教裁判所的监狱总是不够用，不得不让犯罪人待在这样的家庭中），最后，再在自己的城市里待半年。一年之后，她的火刑服将悬挂在她所在城市的教堂里，并且一直挂在那里，作为她和她的家庭耻辱的象征，直至她死亡。

火刑服是一种黄色长袍，长及膝盖，上面绘有龙、恶魔和地狱之火的图案。如果火苗向下，则意味着罪犯不会被活活烧死，而是先掐死。然而，像艾丝特-比阿特丽斯这种已经坦白并且忏悔的人所穿的火刑服，则比较简单。它是一个坚硬的黄色祭袍，前面和后面分别画一个红色的十字架，上部是一个不可分开的可笑的尖头锥形帽，与祭袍的质地相同，远远可以看见。

在临近村庄一户基督徒世家待了六个月之后，比阿特丽斯回家了。她的两个哥哥已经重新开始养猪，变成了猪圈的主人。而她自己，现在被禁止成为猪圈主人，甚至被禁止制作香皂。但是两个哥哥不会沾上骚臭味，因为他们远离猪圈，雇用了一些基督徒为他们工作。

这个家庭永远不会忘记艾丝特流放回来的那一天，小小的头上戴着尖尖帽。这是暗无天日的一天。他们从来没有经历过这等奇耻大辱，根本无所适从。每个人都刻意躲避比阿特丽斯。两个哥哥宣布，如果她不立即搬到他们过去给她建造的茅草屋去，他们就离开。她的母亲撒拉也狠下心来，要求她的女儿与她保持至少50步的距离，仿佛大家都不知道她们曾经是母女似的。至于犹大，他依然沉默寡言，一言不发，不论好话还是坏话。

佩德罗和迪耶戈得知，半年以后，这件火刑服将永远悬挂在当地教堂里，直至妹妹死去，此事令他们怒火中烧。他们将不得不在每个礼拜天面对这件火刑服，这可能导致他们找不到基督徒新娘。他们试图说服达·门多萨，但是无功而返。他对他们没有太大的耐心，当着他们的面关上了门。从那以后，这对双胞胎无论走到哪里，脸上总带着一种诡异的表情。

艾丝特重新开始给家里放猪，却严格保持与家人的距离。日复一日，她克服了身穿火刑服行走的困难，克服了戴着尖帽进出茅草房的困难。要是没有这顶帽子就好了，母亲撒拉-康斯坦莎看到女儿放猪回来，心中暗想。在托里城，大家远远看到她这顶帽子，便知道她过来了，纷纷捂上鼻子。

作为一个良好的基督徒，撒拉-康斯坦莎在那段日子切断了与其他改宗者的联系，一次次前去达·门多萨牧师那里忏悔自己的罪恶。每到星期五，她依然比平时起得早，里里外外彻底清扫，在安息日，她像在基督教节日一样打扮得漂漂亮亮。

艾丝特十分理解家里人，总是把猪带到越来越远的地方去放牧，有时候会过上一两天才回茅草屋一次。因此，如果她回来晚了，即便一个星期没有回来，也没有人问她为什么。他们不会找她，不会期盼她回来。达·门多萨对撒拉说，给全家的祝福终于到来，因为现在火刑服不用挂在教堂里了。达·门多萨还对康斯坦莎说，如果她和家里其他人行为美好的话，裁判所从现在起将永远原谅他们。因此，当撒拉把儿子沾着血污的衣服洗净时，没有告诉任何人。

大约过了两个月之后，一个邻居给他们拿来一件火刑服。他在树林发现的，又脏又破，快烂掉了。当天，佩德罗和迪耶戈架起篝火，把那件火刑服烧光了。第二天，他们又放火烧了空荡荡的猪栏。至于那些曾经和艾丝特待在一起的猪，早已跑到伊比利亚半岛各个地方，混入各大城市街道上乱跑的猪群之中。

第九章　女店员的成长

　　洛卡赫展览中心加油站黄牌便利店站柜台的女店员奥什拉特，表情与以往大不一样。通常情况下，她的目光深沉而且专注，少言寡语，及时给客人提供所需的用品。但是在那天，九月炎热的中午时分，在售货高峰时刻，她却目光呆滞，毫无生气。甚至面对平时常常和她拉家常的米娅，依然目光涣散，不闻不问，嘴唇紧闭。

　　米娅明白：有人伤了姑娘的心，以至于她在值班的时候很难集中精力。此刻，只要听见顾客说想要什么，她便尽快拿给他们，打发他们离开。但客人仍然不见减少，相反越来越多，因为在展览中心有个展览，参观的人从中部各地蜂拥而至。

　　米娅对路边便利店这个黑眼睛售货姑娘的态度很特别。原因有很多。首先，她和米娅的大女儿年龄相同。其次，她做的黑咖啡很好喝，只有在这里，可以在半夜三点喝到洛卡赫地区最好的咖啡。第三，她希望为她的勤奋所感染。奥什拉特整夜整夜地工作，有的时候晚上、白天、再晚上连续工作，几乎不休息。

米娅总会留下不菲的小费，以此吸引她的注意。一旦和她搭上话，她会主动给她提些建议。例如，不要在小费碗里留下角币，因为这会带动别的客人也留下角币作小费。所谓有样学样，后人学前人。这样的话，她永远不能攒下钱，不能摆脱艰苦的生活。米娅建议奥什拉特，见到角币立即拿走藏起来，小费碗里只留下两元和五元的，也就是说只留下银色硬币。这样一来，后面的人也会照这个样子去做。

女店员的黑色眼睛通常都是闪闪发亮的，头戴一顶棒球帽，很少见她摘下来，黑色的头发盖在棒球帽下。

她的牙齿稍微有点外凸。她从来不对别人讲述她的过去、她的家庭或者她未来的规划，但是显然，她不想在柜台后面度过一生。

很多次，小伙子们早早结束了他们的夜生活，来到这里，坐在柜台外面，和奥什拉特搭讪，挑逗她，让她说一说自己的故事。她总是腼腆地笑笑，似乎还没有学会做人之道，只擅长把帽子戴在头上而已。

如果她冷面相对，小伙子们——往往已经喝得醉醺醺了——会请求米娅的帮助，帮助他们说服奥什拉特，答应他们，同意跟他们说说话。

此时，米娅总会贴着耳朵对他们称赞女店员，但是她告诉他们，女店员想要怎么做，是她自己的事。当小伙子们听到米娅不吝言辞地夸赞女店员多么努力、多么有勇气的时候，他们往往两眼放光。米娅注意到，他们一直在听她讲话。虽说她的话未免有些夸大其词，但对听她说话的人来讲，还是很有激励作用的。

现在，看样子她喜欢上了其中某个人，此事让她伤透脑筋。

米娅不知道该怎么做（没有什么可做的，也不必做什么），她拿着一次性咖啡杯离开了那里。她和女店员一样激动和痛苦吗？把女店员扔进没有纯真的世界里，她是否有罪恶感？

过了一天，在深夜时分，天几乎快亮了，她又一次来这里喝咖啡，买点家里急用的生活用品。奥什拉特不在。柜台另一端，在柜台里面，坐着一个埃塞俄比亚裔加油员，名叫德玛萨拉勒，正在用一台笔记本电脑上网。柜台外面有一个普通以色列人，混血，父母都是本地人，没有任何移民方面的麻烦。加油员自信地移动着鼠标，与以色列人正常相处，相安无事。

"奥什拉特在哪？"米娅问。

"她不在。"

"她会来吗？"

"不知道。可以帮您吗？"

一辆货车驶来，噪声响起。

"报纸到了。"没有移民麻烦的以色列人喊道，德玛萨拉勒在整理柜台前排成一行行的塑料小圆桌。

这是星期五凌晨，在星期五，所有报纸都比平时重，因为有副刊。

第二天，星期六早上，米娅特意在加油站停下来，看看奥什拉特是不是来工作了。她发现奥什拉特来了，正在那里呢。此刻在忙着招呼顾客，目光停留在顾客身上，不能判断她眼神里流露出什么。

客人在给她解释什么东西，用了好长时间。米娅耐心地等着。等他说完，终于可以看见女店员的表情，与她四目相对。米娅冲她笑笑，说了声"你好"。

奥什拉特应付了一声，目光透出一种对外界的封闭。

现在已经很清楚，她的一个追求者已经成功地铺平了通往她的道路，而她也已经答应并且愿意接受他。

她仍然有些迷茫，但不像在星期三一群人挤在柜台前时那样惊慌失措了。她黑色的眼睛恢复了光芒，但这是一种历经世事、走出迷途之后的光芒，似乎从此以后她已经看懂这个世界，自己的目光将来只关注一件事：观看。没有其他。

此刻，她回避了米娅的眼神。米娅伤心地发现，奥什拉特目光中透出一点点失望和一丝丝痛苦。奥什拉特没有达到最佳状态。米娅叹了口气，说了一些话，希望吸引女店员的注意，但是却无功而返。

她想让奥什拉特微笑，这对一个人的精神面貌非常重要，但是奥什拉特没有微笑。

最后，轮到她为米娅服务——或者说没别的办法，只能把目光转向她，仿佛米娅几个月没有来过便利店似的。她问道：

"您要卡布奇诺？"

"不，"米娅说着，拿起薄荷糖，"就这个。"

转眼到了 2009 年新年前夕，路上交通一如既往还是晚饭前拥堵。

米娅需要接上她母亲薇薇安，还要接上伯母阿黛尔和大伯维塔，他们没有及时找到出租车。

大家一起去拉玛塔维夫，到鳏夫阿马奇亚家。他和他的两个女儿乐芙娜和蒂姆娜在家里设宴招待大家过年。所有餐食都是从米兹拉商店定购的。

在去接人的路上，她在便利店停下车，朝里面看看，女店员在当班，没有参加任何节日聚餐，既没有在自己家，也没有在父母家，更没有在某个男人家。米娅下车走到她跟前。奥什拉特抬起头，看着她，微微一笑。

米娅心中释怀了。

"我来是想对你说新年好。"她说道，女店员点点头，又笑了笑。

伤害已经减轻了，或许是因为别人的安慰，或许是因为时间的流逝。米娅一边暗暗对自己说道，一边继续开车去巴布里接她的母亲薇薇安，去哈马卡比大街接维塔和阿黛尔。米娅的儿子和女儿今年跟他们的父亲在一起。

米娅的老现代 Getz 型车没有像通常那样，在重要活动之前，比如在年夜饭之前，进行清洗和整理。大家心照不宣地挤进这辆白色汽车，身边堆满了太阳照得发黄的报纸、喝空的饮料瓶、落满灰尘的旧文件夹。文件夹里是积攒了若干年的所得税报表，8 个月之前会计师把这些报表交给米娅，让她存放在家里，可是现在仍然还在车上。

这辆汽车被撞过，半条保险杠已经不见了，但是发动机倒是动力十足，米娅开着车往拉玛塔维夫驶去。汽车看上去这么破，她觉得非常羞愧，好像自己住在里面似的。她透过后视镜瞄了瞄其他人，他们看上去毫不在意，这让她心里平静了许多。

刚刚穿过魏茨曼大街，对面驶来一辆出租车，薇薇安说：

"看，出租车！"

快到纳米尔路时，又有一辆出租车驶过。

"看，又一辆出租车。"薇薇安说。

"看啊，又有一辆。"她又说了一次。

在纳米尔路上，她又数了两辆出租车，白色现代里气氛很尴尬。车上的人是要赶去吃年夜饭的，虽然说存在各种各样的家庭内部矛盾和痛苦记忆。

"我发誓，薇薇安，"阿黛尔用颤抖的声音说道——自从她的独生女去世以后，这几年她的声音一直这样颤抖，"我坐在电话边给周围出租车站打了一个小时电话，都跟我说没有车，没有出租车。"

"可是现在你看，出租车——"薇薇安继续说道。

"妈妈，别说了。"米娅说。

"——出租车根本就是空着的……"

"这是第一波刚结束，"米娅对车上所有坐着的人解释说，"他们刚刚放下客人，现在是第二波，再去接客人。"

阿黛尔的表情很痛苦。米娅没有看见维塔的脸，因为她要开车，要往前看。但是在最近几个月，大伯维塔的眼睛越来越浑浊，眼白和角膜的界限越来越模糊，好像处在胶着状态。

"你们看，第七辆出租车，"薇薇安说，"这些人肯定不是在最后一刻才想起来，而是在中午就已经预订出租车了。"她补充道，好像对这稀松平常之事很惊奇的样子。

第二天，米娅问母亲，为什么在出租车的事情上一再为难阿黛尔，薇薇安火冒三丈：

"你知道阿黛尔怎么说你的吗？'她为什么现在才去洗澡啊？本来有一整天时间可以洗澡的。她知道今天有年夜饭啊，可为什么现在才想起来要洗澡呢？'我能对这事一言不发吗？如果是你的女儿你会怎么样，你会不说话吗？"

"对不起，对不起。"米娅马上道歉。

节日结束后，米娅再次经过便利店，女店员奥什拉特仍然在那里，她似乎已经住在那里，在货架后面。她的头发湿漉漉的，好像刚刚洗过澡，但是也许是因为抹了发胶。棒球帽戴在湿漉漉的头发上。显然，跟家比起来，她更喜欢这个商店。

米娅要了一杯卡布奇诺，朝放小费的碗里瞥了一眼。里面有一些银色硬币，2元，5元和10元的。没有角币。米娅留下5元小费，她很高兴：女店员开始为某件事情存钱了。女店员利用小费碗作杠杆，为将来做打算。

大约过了好几个月，没人知道到底几个月，米娅凌晨四点在便利店门前停下来。黑色棒球帽下面，奥什拉特的头发梳理得非常仔细，自信满满。她正在客流早高峰到来之前，给卸货的工人分配任务。

"你去哪了？"她问米娅。

"我去哪了？"米娅吃了一惊，"是啊，我一直没来。"

"一年过去了。"奥什拉特说道。

"一年？"

两人开始聊天。聊天中得知，再过两个月，女店员要去温盖特学习，考健身教练证。

数年——也许只有两年——之后，女店员以优异成绩结束了她的学习，但是夜间仍然继续在便利店工作，尽管只是在周末和节日期间。

一天，显然因为落地没落好，也许是在撑竿跳的时候吧，她伤了手腕，缠了整整两个月纱布。但是她在周末和假日依然来工作。

后来得知，她是在骑自行车的时候发生事故。有天早上，米娅的确曾经看见她直立着身子飞速蹬着自行车，逆行，好像世界上没有交通法规似的。

发生事故之后，米娅再没有见到女店员，她问起来的时候，人们回答说，她在养病，但是她这样的人很难得，所以大家给她时间，等她回来。

几个月过去了，一天夜里，黎明时分，米娅开车去便利店买卡布奇诺咖啡，尽管家里有咖啡，也有牛奶。她感到窒息，仿佛房子压在她身上，要把她埋在下面。她钻进现代汽车，启动发动机，开车，到达加油站，进入便利店，高喊一声"一杯卡布奇诺"，尽管她在柜台后面一个人也没有看见。

"我很少来这里工作，"奥什拉特从小吃柜台后面的黑影里冒出来，头上仍然戴着棒球帽，说道，"偶尔过来一下。"

"我问过什么吗？我以为你已经离开了。车祸的伤口怎么样了？你好吗？痊愈了？"

"差不多了。"她说着，给米娅递上她拿手的卡布奇诺。这一次，她的棒球帽草草地戴在头上，黑色的头发长长的，从帽子里面垂下，散落在肩上。

第十章　沮丧的冬天

这是一个温暖而又令人沮丧的冬天，受到全球气候变暖的影响，已经连续几个冬季天气暖暖的。大雨连续两天倾盆而下，然后停歇两个星期，热浪袭来。可是气象预报员却不好意思说这是"热浪"或者"喀新风"①，他们说这是"比往年热"。

没有人见过这种天气。空调。十一月中旬的八月。

时间很晚了，米娅刚刚在特拉维夫郊区第十四市立中学讲完课，几乎小跑着从教师办公室走出来，急急忙忙往家赶。两个虔诚信教的女人急匆匆从身后追来。其中一个貌似要哭出来，不敢张口。另一个说：

"对不起，你是不是在一本书里批评哈巴德信徒②了？我听说的。"

---

① 三月底到五月初从撒哈拉沙漠吹来的席卷埃及的热南风。

② 指犹太教派哈巴德教派。1777 年由宰勒曼在白俄罗斯创建，遵奉哈西德派教义，即依附、热心、专诚，但强调理智的作用。

米娅立即回答说：

"批评？没有。没有批评，正相反。"

"太好了，"说话的那个哈巴德信徒说道，"现在我可以看你的书了。"

米娅又一次感觉到自己是透明的。身为作家，时代对精神层面的东西要求太多了。

她想尽快回到自己的汽车上，开车往家赶。快点，她自言自语道，快点回家，忘掉一切，赶快睡觉。

她刚刚钻进汽车，突然天空炸裂，暴雨倾盆。雨水疯狂地敲打着车顶，洒在挡风玻璃上，眼前几乎什么也看不见。她极度恐惧，感觉这场暴风雨比她在以色列经历的所有暴风雨更加猛烈，她面前是一个她从未见过的大怪物。

她抬头注视棕榈树，只见树冠几乎被暴风雨削掉，场面恐怖。雨刷器也不能正常工作。雨滴似乎在向地心引力投降，重重地砸向地面。

各条公路已经变成一条条汹涌的河流，流向阿亚隆河——此河早已干涸，变成了特拉维夫的一条公路。此时的阿亚隆想必已经泛滥成灾，水流漂浮起夏季里所有干燥的东西，将它们带走，似乎带向它们永恒的归宿。她心里想，那些人真是蠢透了，竟然把河流弄干，铺成高速公路。他们惹怒了大自然，大自然先用干旱来报复，现在又用狂风暴雨来报复。暴雨滂沱如注，雷声震耳欲聋。大自然向人类展示出，抹掉一切是多么轻而易举。

慢慢地，暴雨缓和下来，恢复到平常见到的强度，甚至可以说是"祝福雨"，而排水系统的工作效果也不错。

下一个交叉路口的红绿灯仍在工作，只不过是躺在地上的，向上天报告它的好消息。那是因为在下雨之前，发生过交通事故。这里是个经常出事故的危险路口。她等待交通拥挤状况缓解下来，才开车往家走。在一条小土路上，她向左转弯，然后按照以往的样子——与小土路垂直——停下汽车。

在与她家房子平行的铁路大楼上，人们开始给所有南侧住户增建阳台（由于树的高度原因，阳台上不会见到太阳）。有人打算把新阳台改造成多功能房间，一对夫妇甚至打算在阳台高处再建一个厨房，建在绿树之中。因为建设工程需要，卡车驶进了草地，压出的车辙在前几次雨水中变成了泥沟。有人垫上砖头成为临时通行的小道。她踏着一块块砖头来到自家房子，雨水已经把她浇得浑身湿透，她发誓再也不会不带雨伞不带雨衣移动半步。现在，冬天来了，骗局结束了。

第二天，太阳出来，气温升高到 25 度，最高时竟然达到27 度。装载瓷砖或者没有装载瓷砖的卡车，带有这样或者那样起重设备的卡车，在小道上驶过，继续在泥泞中压出新的车辙，如果只看灌满浑水的小路或者只看大卡车车辙的话，你可能会以为这是战争年代的越南，而不是一个平静的乡村住宅区。它只不过正在经过两个出入口给楼房南侧增加一些阳台而已，或者更确切地说，只是在高大的绿树中间增加一些安静的阳台而已。相对于小区居民的田园风光来说，更受伤的是草地，"战争"的暴力加在了草地上。这一切都只是为了几个阳台——确实，是为了那些有激情有活力的居民。

又过了干燥的一天。时间差不多到了早上七点。稍早一点，所有的鸟都按照正常顺序冲向世界：第一种是白胸翠鸟，它甚至在日出前就会用持续的尖叫声刺破寂静。太阳鸟紧随其后醒来，向空中散布短促而洪亮的鸣叫。然后你也能听到乌鸦的叫声，它们已经控制了小区里树梢和屋顶的生活空间。有时候，在树梢和屋顶之上，海鸥会飞过，但它们不会停下来。与此同时，空中布满了麻雀。

一个回归犹太教的人和他新婚妻子——同样也是回归犹太教的，看上去年龄将近 40 岁——从主路边上的犹太会堂往家里走。他们脚步匆匆，低声细语，说话时还伴着大动作手势。

这个人从前多么孤独啊，米娅透过窗户注视着他们，心里想。

他是个宽容的塞法迪犹太人，高大帅气，身材修长，头戴一顶回归犹太教者的大号瓜皮帽，以色列口音，每天早上总是骑着自行车往返于犹太会堂。在赎罪日——多么庄严的日子！——当然不骑自行车。

他住在小区唯一一栋私人建筑里，当然绝不能称之为别墅，而是一个连体建筑，建筑物彼此相连，既有石棉瓦房顶，也有马口铁房顶。当年的中转房已经成为过去式，但却因为某项法律而不能拆除。在多数房间里，一个虔诚的宗教之家已经在里面住了三代。他们至少有两杜纳姆^①土地，一直沿用古老的方法耕种。他租住了其中一间房子。

他曾经向她问好并祝她平安。这是在她遇到第一次干旱之前，当时她还敢在共有花园里干活儿，在用水浇花，还没有因为担心被邻居当场抓住而放弃花园。邻居也是要付水费的。后来，所有植物都渴死了。

仅有一次，他们的交谈超出了互相问好的范围。他告诉她，他和妻子离婚了，因为妻子不想回归犹太教。她和两个孩子留在克法尔萨巴，他依照法律付给她抚养费。显然，如果她能坚定信念回归犹太教，也许他会回去，他们之间还有复合的可能。但是首先她必须要坚定，必须要非常坚定。

现在这对新婚但并不年轻的夫妇——丈夫回归宗教的信念越来越坚定，妻子也端庄而虔诚，一块布巾戴在头上——离她越来越近，一场邂逅在蛮有越南风格的泥泞路上发生。他们夫妇俩手牵手站在那里，每人占据一片没有泥泞的干燥土地。

---

① 以色列的地积单位，一公顷为 10 个杜纳姆，一个杜纳姆相当于中国的一亩半。

“你好。”邻居说。

“你好。”

“最近好吗？”他问。

“很好，谢谢。”过了片刻，她又不请自话，“祝你好运。”

“哈哈，”邻居笑了，“非常感谢。但是你怎么样？”他看来真的很感兴趣。

“一切都好。”她嗫嚅道，一边说，一边小心翼翼地防止掉进“越南”。而他和他妻子也在小路上绕开了泥坑。他没有向她介绍自己的新婚妻子，而他的新婚妻子却向她投去了一瞥排斥的目光。

这对夫妇陷入沉默，米娅毫不费力地察觉到了，尽管他们很快恢复了谈话。他们回到原来的话题，闲聊起来。

过了几天，米娅经过他们家门口。他耕过门前的土地，并且摆上红色三角形石块圈了起来。但是这些年他一心忙于回归犹太教，却忘记了一些基本常识：植物需要阳光，而这里却一丝阳光也没有。他的家和这块地朝向北方，很小的一处朝东的角落也被井井有条的社区规划——大树、房屋及其他附属设施——挡住了。但是他依然耕了地，撒了种，等待着。

这已经不是冬天，这是一个骗局。如果在一月份还要打开喷灌设备的话，这说明人们已经默认了事实：没有冬天。失望情绪慢慢渗入人们内心。有人杀害了整整一家人，包括一个三个月大的婴儿，原因是为了报复这家的父亲解雇了他。这样的惨剧自以色列建国以来从来没有听说过。极度失望。宁愿一包香烟引起致命疾病，也不要引起绝望情绪。人们害怕绝望，更甚于害怕死亡。死亡不会引发这种悲剧，绝望却可以。这种绝望自从以色列建国以来没有发生过。你看现在，米娅也在闲聊，而他却只看经文。

修建阳台的工程还没有完工。换句话说，又过去了几个月，似乎要持续到永远。所有大楼已经开始逐步成为铁路部门的建筑。这些年，大楼北侧已经增建了一个漂亮的五角形设施，现在又在南侧增建一个长方形的，铁路的事情越来越令人难以忘怀，大楼变成了模式化建筑，也许从上面看，从天上看，它的确具有某种意义。对面大楼增建阳台的工程已经持续一年，那对新婚夫妇的激情已经消退，他们走路时，相互之间保持着一步的距离，而且沉默寡言。

他们的花园本该鲜花盛开，此时眼前却只见一片凋零。也许以为新妇此时有孕在身，故而失去激情，但事实并非如此。理论上的冬天已经过去了，新妇没有怀孕。丈夫依然像以往一样独自一人到犹太会堂去祷告，但似乎那里没有以前那么大的吸引力。之前那里是他的希望所在，而她却杀死了他的希望。这不能怪罪她——他也杀死了她的某种东西。她看上去郁郁寡欢，独自一人在大街上行走，包裹头发的围巾，弯弯曲曲低垂在一侧。她不幸福。这不是她所祈求的。

房子的主人还没有开始从房子内部破拆墙壁与新设施相接，只开了几个电线孔和几根管道槽。她见过别人家已经完工之后的样子，虽然他们称之为阳台，但实际上是给每套房子增加了一个房间，还增加了电动窗帘。

在那些铁路员工进入新房之前，如果这对可怜的新婚夫妇不去做心理治疗的话，他们的状态可能会很不好。高大的树木可以为新建的阳台遮挡阳光，他们看到了会嫉妒，会心情失落。在治疗过程中，医生可以缓解他们的失落感，可以给他们讲很多废话，但是医生不会告诉他们这样的事实：你们应该搬家。你们需要阳光。你们头上缺少阳光。小区里的树木高大茂密，你们东面被遮挡得严严实实！

这个宗教信仰越来越坚定的女人，因为缺少阳光而患上抑郁症，而她的男人却不愿意离开。他曾说他们只是暂时住在这里，否则她一辈子也不会进入这么个破地方。现在她意识到，自己已经深陷其中，无法自拔，他和虔诚的房东紧紧地捆绑在一起，帮助他们守着这所房子和这片土地。他像阿拉伯人一样紧紧抓住这片土地，因为这片土地已经价值数百万之巨，整栋房子早在过渡时期就已经存在。他让她住在其中一小片屋顶之下。

这个信仰坚定的女人没有怀孕，并不奇怪。没有阳光，没有房子，精神上极度失望，婴儿在这里没什么可做的。如果任由婴儿在草地上爬来爬去的话，在那些世俗的邻家妇女之间爬过，会招来白眼，因为她没有缴纳草坪灌溉费。她留给婴儿的是一条小土路。这个信仰坚定的女人不会带婴儿来这样的地方的。当初介绍人骗了她，说他离婚了，信仰坚定，是个英俊的男人，头不秃，体不胖，住的地方价值好几百万。而她—— 一个三十二岁的老处女，而且不漂亮——立即喜欢上了他。

第十一章　亲人去世

在伊希洛夫医院急诊科，一个濒临死亡的 80 多岁老人已经昏迷不醒，靠呼吸机维持。身上插着各种管子，连着各种机器。头顶上方，长方形玻璃罩后面，白色的日光灯明晃晃地照射着。此时此刻，你根本不敢请求医护人员，熄灭这盏照射在将死之人脸上的强烈的日光灯。这是他们的工作灯！

如果你提出请求的话，他们会说："没有它，我们怎么工作呢？"

但是他已经快要死了，这里还有什么工作要做吗？这灯光太残忍了。莫迪凯·瓦努努[①]昼夜 24 小时被这种灯光照射，因为他泄露了以色列的核机密！瓦努努并没有泄露很多机密，相反，他没有说错什么。通常情况下，他保持沉默。

[①] 莫迪凯·瓦努努，以色列前核武器技术员，因怀疑向外国媒体泄露国家机密，被控间谍罪和叛国罪，判处 18 年监禁。关押期间，他的牢房连续 3 年不关灯，不许他与任何人说话。

"医生，帮帮他吧。他是国家的建设者，一个伟大的人。现在这样的人已经所剩无几了。他曾经是个筑路者，他的两只手翻过地、耕过地、播过种，开过各种各样的拖拉机。这些年来，他管理过贴现银行的 17 个分行，是个正直可靠的人。"

现在应该呼唤这个将死之人的名字，提醒他们，这是个有血有肉的人。也许医生听到他的名字或者姓氏，态度会好一些。

但是没有什么可争辩的。看啊，一个完整的医疗团队已经悉数在场，紧张而忙碌。一道围帘后面，他们围在这个将死之人身边，给他使用各种抗生素，没有丢下他不管。他不是要终结了吗，他们在干什么？

他们无能为力。他们做医生时宣誓过，现在无法选择，也无法逃避。应该感谢上帝派来这样一个医生，她头发长短不一，发梢烫过——估计好长时间没有去过发廊打理了，上身丰满，眼皮上画着相对来说还算细致的眼线。她工作很专业，尽心尽力，尽职尽责，无可挑剔。真的不该去打扰她。

这个外科医生还有个发髻，高高地盘在头顶，只有这一球发髻收拢在外科医生的绿色帽子里，其余头发则散落在帽子外面。

这个戴着绿色帽子的外科医生，个子高高的，跟急诊科另外一位医生相比，身材苗条多了。那位医生身体膨胀得像一只水桶，脸也胖得像一团发面。

碰上这个骨盆粗如水桶的医生，必须放慢脚步。她脾气暴躁，哪怕你稍稍越线，她也可能爆炸，可能会喊来保安把你扔到外面去，好像你行为不端、捣乱破坏似的。病人已经奄奄一息，尽可能为他争取最大的利益吧。然而，医生也可能会突然发问：

　　"你对我说，他是你叔叔，可我怎么能确定，你真的是这个人的亲戚呢？"

　　这个时候，你应该马上原地不动，直视她的眼睛，保持克制，掏出身份证，亮给她看一看，你的姓氏和那个将死之人的姓氏相同。你面部表情不要变，也可以瞄一瞄那个将死之人，尽可能装出一副和他一样的表情。无论如何不要这么说："你说的对。我只是个路人，见到一个人快要死了，赶过来哭他。"

　　求求你们，朋友！给她十分钟，让她在围帘后面和那个将死之人独处一会儿吧，让她想注射什么就注射什么吧，反正他也没有知觉，什么也感觉不到。

　　重要建议：无论如何，不能在围帘外面这样说，"过了这么多年，你总算可以在围帘里面和某个男人独处了"。

　　所以说，你就让她和你那奄奄一息的病人单独待几分钟吧。要知道，她是有能力把你从急诊室扔出去的，而外面只有流浪汉、醉鬼和某些别的人。

　　没错，你想在他最后时刻和他静静地独处，像对待一个突然冒出来的婴儿一般，给他一个特别的祝福，为他吟唱所有的歌曲，直到他死去。但是，结果呢，你还是被请到了围帘外面。

在围帘里面，医生站在病人身边一起讨论病情。

有必要在病人身边讨论病情吗？为什么不能在离他几米之外的地方讨论呢？他不能听见你们说话，不能参与你们讨论啊。

这是惯例。现在我们想要讨论一下病人的病情，围帘给我们安全感，请不要打扰我们。

围帘不时地被肩头或肘头顶起，常常会有人头晃动。他们在说话，一些令人费解的话，说话时偶尔伴有手势，围帘飘动着。

他们依然没有改变对病情的判断，拉开围帘，走了出来。他们找到神药了吗？没有，根本没有。他们决定把病人转入内科病房，一切从速，连同所有机器和管子一起转走。

作为这个将死之人的亲属，你会因为从急诊科转入内科而备受鼓舞，也许有希望了。

三个人推着插满管子连着两台急诊监护设备的病人，向内科病房跑去。他们要从负一楼上到二楼。他们直奔急诊室尽头的电梯，跟在他们后面的是怀孕6个月的医生，还有一个男护士。在这过程中，他们跑步的速度最高达每小时8公里。在电梯口，怀孕的医生对你说，电梯里没位置了，然后他们在紧闭的电梯门后消失。可是其他电梯在哪里？你按呀，按呀，电梯一直没有来，于是你失去了他们，失去了你一直坚持要陪伴的将死之人。

于是你不停地找啊找啊，当你终于到达二楼的时候，他们也突然从某个电梯里钻了出来。好吧，他们迷路了，医院的建筑一块块拼接起来，像迷宫似的。现在，他们所有人齐刷刷进入内科病房，病房的门为他们自动打开了。

跟着别人跑步对你有好处，你好久没有跑步了。跑步可以把健康物质注入大脑，改善情绪。之前你的情绪太糟糕，太可怕。

在内科病房，他们把这个前基布兹成员放进了科里的急救室，然后对你说，在外面等着。他们给他接上了科里的所有生命维持设备，用固定设备代替了移动设备，以便把那些移动设备送还给地下一层的急诊科。

"现在去喝点咖啡吧。"他们对你说。但是院内没有咖啡，因为今天是周末，是安息日。你必须走到医院外面的"美味咖啡馆"去，太痛苦了。

当你绕来绕去从"美味咖啡馆"回来之后，内科新组成的治疗小组根本不让你走进急救室。"现在去喝点咖啡吧"，后果是什么？后果是让你和这个前基布兹成员离得更远，你会因为什么忙也帮不上而心神不宁。这不，过来一个蓝眼睛年轻医生似乎可以帮忙，但是他却满脸同情地说，非常抱歉，他们尽力了，使用了他们拥有的所有技术手段，但是很不幸，他还是去世了。你是否愿意再进去看他一眼？你去了"美味咖啡馆"，排了很长时间队，在这段时间里，他去世了。但是即便当时在场，你也不可能接近他，你也不可能避免他去世。毕竟他是因为病重才来看急诊的。

转瞬之间，整个科室换了一副面孔，大家突然间开始为这个刚刚死去的前基布兹成员着想，为他的亲属着想。现在，他们允许别人进里面去"看他"，谁想进去都行。但是有什么可看的？可惜他在去世前一天刚刚理了发，若还是满头白发，对他来说更帅。将死之人不应该在死之前理发！记住死者浓密的额发，比记住他临死前用家用工具剪短的头发，对家人来说更好。

第十二章　入伍宣誓

　　他们说六点钟到那里，因为仪式在七点钟开始。很显然，如果军队想要占用那个地方一小时的话，毫无疑问需要提前部署。考虑到海滨公路此时此刻的拥堵状况，必须至少在四点半之前出门，甚至更早些。他们分乘两辆汽车，父亲一辆车，母亲米娅另外一辆车，米娅车上还有她的长女伊莉丝和独生女奥塔尔的小女儿蒂姆娜。

　　奥塔尔的长女乐芙娜正在南美长途旅行，而她的外祖母阿黛尔则在哈马卡比大街与科恩街街角家中的客厅里，坐在一尘不染闪闪发亮的深色木制大桌旁，摊开一张大地图，追踪着她的轨迹。

　　蒂姆娜已经 18 岁了，患有关节炎，而且越来越严重。她没有长到应有的高度，个子依然矮小。除此之外，她还有髋关节骨质疏松症和免疫力低下症，任何病毒在她身上发作，都会持续一个多月。

除了这些，最主要的是她患有饮食障碍症，这是早在西班牙逐犹时期这个家族流行的病症，她不能吃饱，不能长胖。

蒂姆娜聪明伶俐，言语尖刻，这一点像她的妈妈。她什么事都明白，什么事都瞒不过她。

米娅和孩子的父亲——他独自一人在第一辆车上——之间，已经没有任何关系，连去海法搭他的车都不可能。他们从离婚到现在的时间几乎和他们结婚在一起生活的时间相当。

他们当兵的儿子纳达夫，身穿白色军服在海军基地等他们。

米娅让她的女儿伊莉丝去问她父亲，能不能在半路上给儿子买一份麦当劳的汉堡包。

不行，这个忙帮不了，父亲回答说。他现在开始在一家大型周刊做体育记者，过些日子他会成为这家杂志的编辑。他要直接去基地，因为杂志社工作压力很大，他没有时间中途停车。

这样一来，她们自己不得不在路上找到一家麦当劳，但是又不能过于提前，不然汉堡包会凉的。米娅按照她惯常的方式迅速估算了一下，开着她那辆现代 Getz 汽车驶上了海滨公路。

女儿伊莉丝坐在她旁边，蒂姆娜坐在她身后。一开始大家情绪不错，可是过了不久便一落千丈，因为米娅担心自己的以色列直接支付信用卡在加油站不能使用。如果这样的话，他们不得不使用蒂姆娜的信用卡。然而蒂姆娜只是搭个车而已，她父亲阿马奇亚可能会很生气，可能会认为米娅是个剥削者，几乎等于说是个骗子。因此，他们必须对这件事严格保密。

直接支付信用卡有两个主要问题：一、不是所有地方都接受；二、即便接受，电脑也需要等待很长时间才能获得信用卡公司授权。等待过程常常令人焦躁不安。

这一次，等待大约一分钟之后，米娅听到了收款机传来信用卡公司批准购买燃料的信号。她悬着的心终于放了下来，尽管不是百分之百的。

蒂姆娜和伊莉丝要用蒂姆娜的信用卡购买健怡可乐。买两瓶健怡可乐，阿马奇亚不会认为米娅是"骗子"或者"无赖"的。阿马奇亚对他认为有问题的人——有经济问题、社会问题或者道德问题的人——统统这么称呼，有时候还会称呼他们"公狗"或者"母狗"，这要看那个有问题的人是男还是女。

现在，当两个姑娘走到远处去买饮料的时候，蒂姆娜的跛行愈发明显起来。她髋关节疼痛，都说只能手术治疗，可是都不知道该做什么手术，在哪里做手术。先试试别的治疗方法吧。

奥塔尔在去世之前，打电话给正在开车的米娅。电话里她请求米娅，在自己去到另外一个世界之后，替她好好照顾乐芙娜和蒂姆娜。米娅当时正送蒂姆娜去上私教课。蒂姆娜一字不落地听到了她们的谈话和母亲的哭声。米娅别无选择，只能答应，尽管她并不适合答应这个请求，现实条件甚至让她连一半承诺也无法履行。

在整个海滨区域，他们没有找到麦当劳，只好找拉姆巴姆医院里这一家。米娅不相信能在医院找到停车位，不过蒂姆娜有种特殊能力，可以在任何医院指引道路。虽然她从没有来过拉姆巴姆医院，但是仍然知道所在方位，而且很快和伊莉丝一起拿着包好的热汉堡包和可口可乐走了回来。

纳达夫和父亲一起站在基地大门附近。看见她们三人经过大门进来，两人开始窃窃私语，身体不由自主地晃动起来，似乎在说：赶快离开这里吧。伊莉丝把汉堡包递给纳达夫，纳达夫说他现在不饿，留着过一会儿再吃，士兵们刚刚吃过士兵福利会送来的比萨饼。

还有一些身穿白色制服的士兵与家人站在一起，每个家庭围成一座堡垒，都装备着先进的录像机。凉风习习。纳达夫很兴奋，但是有父亲在场，他坚持不理睬他的母亲，好像谁禁止他理睬母亲似的。

米娅不高兴。难道她不是这个士兵的母亲吗？为什么这个士兵不理睬她呢？

他父亲转过脸对他解释了这个活动的重要性：这是他人生的交叉路口，他成年了。

她没有可能靠近孩子。

过了一会儿，他们五个人围着一张写有"犹太民族基金会"

字样的桌子坐下来。纳达夫强迫自己吃下了那个汉堡包。他有一支步枪和一个弹夹。米娅看到这件武器十分兴奋，说道："好啊，我们这里有枪可以用了。"说着，她举起手，指向杂志社未来的编辑，笑了出来。

"别担心，爸爸，"纳达夫开玩笑地安慰他说，"如果有必要，我知道怎么对付她。"

举行仪式的海滨广场灯火通明，仪式区沿海滨扩展开去。夜间的海面漆黑一片，与海军新兵的白色制服形成了强烈对比。

米娅和几个孩子找到一个合适的位置观看纳达夫所在的新兵排。海上吹来的风更凉了。米娅看了一眼蒂姆娜穿的衣服，突然发现她只穿着薄薄的上衣和牛仔裤。和她去世的母亲一样，总喜欢薄衫薄裤，好像永远比别人热。但是现在，看她的表情可以知道，她感觉冷了。仪式还没有开始，她已经脸色发白。

米娅希望仪式简短一些，平安无事。他们沉默地观看着，只听见呼呼作响的海风和军士长下达的口令。

身穿白色制服的士兵们所在的新兵排，走出广场，又折返回来。一名军官邀请一名比他低一级的女军官出场，女军官进场，从左边走到右边，又邀请比她更低一级的军官进场，这名军官再邀请更低的军官，如此重复，直至指挥新兵排的最低一级军官进场。蒂姆娜的嘴唇冻得发青，米娅把自己的羊毛衫脱下来给她穿上。纳达夫的父亲不停地用手机拍照，然后立刻给他新妻子发去短信和照片。

这气氛仿佛不是庆祝新兵训练结束，而是纪念仪式，观众数次被要求起身肃立。一次是在做纪念祷告时，一次是在某个军官入场时，还有一次是在朗诵奥尔特曼①的诗《银盘》时。

军士长给新兵排发出的口令是：立正、稍息、枪上肩、举旗、向前看。

纳达夫的动作一丝不苟。

这时，有人举着喇叭喊了几个字，所有新兵回到他身后。仪式的画面禁止上传到网上，仅仅发布了几个字：他们宣誓，遵守法律，为国牺牲。他父亲不停地拍照，拍照，然后把照片传给他的新妻子。

仪式结束时，纳达夫又吃了一块比萨饼，所有人都觉得他十分可爱。他父亲的举动还是那么不可思议。

高烧一个星期，然后重度咳嗽五个星期，身体极度虚弱——总共一个半月时间，这是蒂姆娜后来的经历。她这辈子再也不会去参加任何海军仪式了。

---

① 指纳坦·奥尔特曼（1910—1970），波兰裔犹太剧作家、诗人、记者。

第十三章　伯明翰之拒

　　星期日早上，所有士兵奔向各自的基地。带着一脸怒气和失望的表情，纳达夫结束了在家里度过的这个周末。他背起硕大的背包，下了车，砰的一声关上车门，甚至没有和送他过来的母亲说声再见，匆匆钻进地下通道，朝着通往海法的火车走去。

　　米娅原地压过中间白线掉头。特拉维夫大学火车站的出租车司机注视着她，没有说什么。谁会遵守这愚蠢的法律，继续往前开很远的路，到广场去掉头呢？

　　回家的时候一路塞车，大家都骂骂咧咧。但是这也算正常，让他们爱说什么就说什么吧。

　　除此之外，半数的人咳嗽不止，鼻涕不断，因为寒冷的秋天开始了，天气预报员说："今年比常年冷。"

　　不论外科医生还是尊敬的菲莱尔拉比，都建议蒂姆娜到伯明翰医院做髋关节移植，那里擅长复杂的关节移植手术。于是，蒂姆娜和姐姐乐芙娜在父亲陪伴下到伯明翰做了常规检查，检查之后他们返回以色列。两个月之后，伯明翰医院电话通知了手术日期。

米娅本来打算和他们一起去伯明翰，在伦敦和伯明翰大街上帮助乐芙娜给蒂姆娜推轮椅，就像她们检查完后回国的时候那样。但是恰恰在那些日子，米娅正在忙着搬家，因为她为了还债不得不卖掉房子，而且她知道，在接下来的15年里，她没有任何预期收入，甚至光荣的税务部门也把她从迄今为止的授权商户变成了免税商户。

她的女儿伊莉丝搬去特拉维夫和室友租房住了，她自己和纳达夫打算租一处带花园的公寓。虽说是租来的临时住所，但她仍然打算开辟个漂亮的小花园。这样一来，在某些日子，她可以欣赏花朵，可以在鲜花和鼠尾草之间散步。

在这个家里，大家极度鄙视她：在你那里，什么都是临时的，连靠近绿线①边界的住宅区里118平方的公寓你都守不住。

过去，她常常打电话给阿黛尔嘘寒问暖。现在也是，在手术之前，她一边打包，一边打电话，高兴地告诉阿黛尔说，自己也准备一起过去，这样可以减轻阿马奇亚和乐芙娜照料蒂姆

---

① 第一次中东战争划定的以色列与约旦之间的停战线。

娜的压力。旅行机票她打算用卖房子得来的第二笔钱支付。

但是阿黛尔立即对她说，她没有必要去伯明翰帮助阿马奇亚和乐芙娜。如果她想换换环境，可以去塞浦路斯旅行，现在时机正好，在这个季节，那里阳光明媚。

在建议她去塞浦路斯度假之后，阿黛尔给她发了一条语音留言，说明了她的真实想法：实际上，她的目的只是不希望米娅影响那两姐妹的关系。这是个机会，可以让她们两人培养并且加强彼此间的感情。在陌生的城市，在手术之后。

但是两姐妹的关系实际上并不存在问题，米娅又能影响到什么呢？相反，她可以帮助她们两姐妹和平相处。她常常想着要听从奥塔尔生前的嘱托，保护她们姐妹。显然，她必须毫不犹豫，到伯明翰去。

"待在家里吧，"阿黛尔用颤抖的声音命令她。"你在搬家，对不对？那么你收拾你自己的家吧，忙你自己的事情吧。"

阿黛尔把她镇住了。早在米娅还是孩子的时候，阿黛尔便发现米娅有拖延症倾向。

这还不是全部。

楼上邻居丽娜终于拿到了盖特牌杀虫剂，在米娅预计从马奥扎维夫搬走之前几天，丽娜彻彻底底杀了一次虫。所有楼梯间，包括大楼出入口的小路和各个出入口之间的小路，到处都是大蟑螂，有的在垂死挣扎，有的已经彻底毙命。

一只白胸翠鸟白天站在电线上，嘴里叼着一只蟑螂。

为什么它不飞到雅尔康河去？那里才是它的家啊。它会不会喊它的朋友来这里收获蟑螂？它们的消化系统是不是对丽娜的杀虫剂有免疫功能？

楼梯间里垂死挣扎的蟑螂，搅乱了这间公寓的整个打包过程。米娅拿来笤帚，扫了几百只蟑螂扔进院子里的垃圾桶。随着手术日期接近，她一次又一次推迟了打包的结束日期和搬家公司来搬家的日期，因为她觉得自己可能随时会被召到伯明翰救急。但这只是她脑子里的想法，她一直留在国内，身边堆满纸箱和胶带。在这间公寓里住了 30 年，对她来说是个沉重负担。她不打算把东西分类，只想一股脑儿全都带到下一个公寓去。

离手术还有三天，阿马奇亚和他的女儿已经去到伯明翰。阿黛尔打电话给米娅，质问为什么说她是"恶棍"。

"我没说过你是恶棍……怎么可能？"

但是阿黛尔不接受她的说法，不过倒是没有继续纠缠这个问题。看来她记忆有点模糊，只记得她们之间有过争执，但是不记得具体争执了什么。

过了两天，在以色列时间下午 2 点、英国时间中午 12 点的时候，手术开始了。两个半小时之后，阿黛尔相信蒂姆娜已经不在人世了。

当阿黛尔告知此事的时候，米娅惊叫起来。

"你说什么？她肯定在世。"

"她不在了。"阿黛尔在电话那一端坚持说。

"她在做髋关节移植！这需要好长时间。阿马奇亚说如果手术时间长的话，说明需要更换整个关节！"

"但是为什么不像在我们以色列一样，"她声音颤抖地说道，"医生每过一刻钟出来说一下手术进展情况。不对，不对。这孩子不在了。"

"她肯定在。别再这么说了。"

"你能这么想真是太好了，太好了……"

过了四个小时，手术成功结束。对这个髋关节来说，接下来的 15 年可以平安无事。

12 天之后，父亲和女儿回到以色列。蒂姆娜在舒莫尔医院进行康复治疗，阿马奇亚在拉玛塔维夫和舒莫尔医院之间从每天往返一次，逐步过渡到每周往返两次。

时间过去了一两个月，偶然之间，米娅获悉，原来在她不知情的情况下，一个早已存在的新人担当了主角，而自己只不过扮演了一个匆匆而过的小丑，一个天生谎话连篇、不可信任的小丑而已。

德罗拉·麦凯是已故的独生女奥塔尔的表姐，阿黛尔家的亲戚，但是有关她的消息很少听说，即便在困难时期也如此，因为她和她丈夫麦凯——一位苏格兰勋爵——住在爱丁堡。

但是大家知道德罗拉·麦凯这个人。比如说，大家知道，德罗拉·麦凯无人能比。大家知道，德罗拉·麦凯早在80年代初便突然嫁给勋爵，变成了贵夫人。麦凯勋爵是个高高在上却有着另一副面孔的男人。一般来说，他是一个衣着讲究的人——我们都愿意这样；他会在炎热的夏天穿着运动衣、扎着领带、戴着黑帽子去参加葬礼。

阿黛尔基于数十年的经验，不想让米娅和德罗拉·麦凯相互之间产生摩擦。这些年来，他们确实难得见上一面——德罗拉来参加过几次葬礼，有时候和勋爵一起来，有时候单独来。

麦凯的家不住在伯明翰，但是他们在伯明翰多少有些关系。这一点强过米娅，她在那里可是什么关系也没有。

麦凯用事实证明了自己的能力。在手术和康复期间，她给阿马奇亚和他的女儿在伯明翰安排了一间公寓。这不，又有一个地方露馅了：阿马奇亚偷偷告诉米娅说，阿黛尔公开说过，她不愿意米娅住在德罗拉·麦凯安排的公寓里。因此，阿黛尔给她服了"一剂药"——这是她的原话——让她留在原地，和其他人一样该干什么干什么，也就是说：继续给家里的东西打包。而她则屈辱地收回了到伯明翰旅行的计划。

逾越节之夜到了。家庭分裂状况如下：阿马奇亚和她的女儿去了住在基布兹的朋友家。伊莉丝和纳达夫去了小姨丽梦家。丽梦把生活打理得井井有条，懂得怎么让现实中的起起伏伏和矛盾冲突走向正确的方向。最近，她变成了"邪恶之眼"^①的忠实信徒，因此她能把她买的东西或者做过的事情统统隐藏起来，当然，无法隐藏的房屋装修除外。

无疑，薇薇安也会在小女儿丽梦家里度过逾越节之夜。

然而，大女儿米娅却要到特拉维夫中部两个朋友家去。

纳达夫和伊莉丝开着她的车把她送到那里。这个时候，各大出租车调度站的电话铃响个不停，没有人接，也就是说"没有汽车"，不可能预订到出租车。放下她之后，纳达夫和伊莉丝继续开着她的车到小姨丽梦家去，中途接上薇薇安。大家有个默契：大女儿米娅不能去小女儿丽梦家，因为她可能毁掉一切。米娅不想毁掉一切，但是她的确曾经毁掉过，没办法。她在路口下车，注视着自己的孩子开车远去，过一会儿她母亲会与他们汇合，再一起向北，去克法尔萨巴市。

上楼，来到六层，朋友张罗了一顿健康的好饭。但是米娅突然感觉非常不好。在她内心深处，压抑着某种东西，无法释怀。除此之外，桌上铺着一块红色桌布，蜡烛架摆放在窗台上，

---

① "邪恶之眼"，一种宗教迷信，认为必须把买来的东西或者做过的事情隐藏起来，免遭邪恶诅咒。

上面插着八支哈努卡①蜡烛和一支守护蜡烛，桌子上面一片无酵饼也没有。从逾越节的角度来说，一切都太过随意。

但是，并非烛台和无酵饼令她流下眼泪。两杯酒下肚，她痛苦得大哭起来，面对两个辛辛苦苦准备这顿饭菜的朋友，释放了心中的郁闷。他们使出浑身解数安慰她，让她恢复平静。一个人端来一杯水给她喝，另一个人不停地念叨"我不明白，我不明白"。最后，两人中一个和她关系更好的朋友送她下楼，找到一辆空驶的出租车，带着满面担忧但却希望快些解脱的表情，告诉司机："送这位夫人到……大街……"然后砰的一声关上车门，心里顿感轻松。

但是，逾越节之夜最大的局外人，是年迈的阿黛尔。在菲律宾女佣的服侍下，她孤零零地躺在床上，眼巴巴地看着天花板。她已经几个月没有从床上起来了，目光一直盯着天花板。她与这个世界没有更多的联系，无法承受一个没有了维塔没有了独生女的世界。她拒绝看电视，只是总感觉浑身发冷或者发热。她有一台彩色小风扇，可以为她散热，还有一台暖风机，可以为她驱寒。

家庭内部，发生了一场没有走上法庭的斗争。最终，阿马

---

① 哈努卡即哈努卡节，又称光明节，犹太教节日。该节日为纪念犹太人在马加比家族的领导下，从叙利亚塞琉古王朝国王安条克四世手上夺回耶路撒冷，并重新将耶路撒冷第二圣殿献给上帝。节日期间，以色列所有高大建筑上都装有电灯烛台，商店也出售各式各样的烛台，博物馆和学校还举办烛台展览。

奇亚得到了阿黛尔分得的一份遗产，也就是说，他正式获得了他自己的公寓。他的亡妻也就是独生女在世时，这间公寓登记在她父母的名下。现在，作为这份财产的唯一主人——理论上说，他还是他同时继承的另外两处公寓的主人——他的观念从一个极端，走到了另外一个极端，他甚至不允许乐芙娜和蒂姆娜跟阿黛尔说话，以免动摇这种新的社会关系。

阿黛尔尝试通过电话和脸书联系她们，但是她们已经把她拉黑了。好吧，也许他允许她们联系阿黛尔，只是假设而已，但是她们已经对她的圈子不感兴趣了。

伯明翰之拒已过去了整整一年。现在，人们正准备为蒂姆娜更换另一侧髋关节。但是，米娅没有理由联络阿马奇亚或者蒂姆娜和乐芙娜。

伯明翰第二轮手术，米娅根本没有申请参加。她从阿黛尔那里知道了一些情况：在菲律宾女佣到雅尔康河公园慢跑的时候，阿黛尔又一次脸朝下摔倒在地板上，也不知道她在地板上趴了多久才等到女佣回来。

在米娅来看望她的时候，她正躺在床上一动不动，恢复体力。床上铺着一条彩色的床单——白色背景下开满深蓝色的花朵。她左右两侧是灰色柜子，有很多抽屉，与长方形床头连在一起，全都是塑料的。在已故的独生女奥塔尔的床上，睡着菲律宾女佣。奥塔尔的房间依然保持着她年轻时候的模样。

"结束吧，马上结束吧！"她对米娅说道。

开始时，米娅轻声劝道："坚持，坚持住啊。"其实她心里在说："难道她不想坚持吗？"因此，到最后她说：

"一切都会轻松而过的。"

米娅离开的时候，菲律宾女佣奥利维亚拧动钥匙叫来了电梯。这种钥匙只在哈马卡比大街上这栋楼房的部分住户手里才有，因为是这部分住户出钱安装了这部电梯，其他人无权使用。

日子不知不觉过了很多天，炎热的夏日来临。天空仿佛在下火，在白天的热浪之下，人们一个个拖着疲惫的身体走路。在长时间与这个家庭断绝往来之后，米娅终于还是来看望阿黛尔。她按了一下写着卡斯蒂尔名字的门铃，没有反应。她又执拗地按了一下，因为在这种炎热的日子里，菲佣不可能出去慢跑。突然，她在对讲机里听见阿黛尔在问："谁呀？"她回答了，但是对讲机另一端沉默无声。

她几乎可以肯定，阿黛尔在她回答之后摔倒了。米娅赶忙给奥利维亚打手机，收到的却是语音留言。她拨通阿黛尔家里的座机，铃声响了很多次，然后也是语音留言。她明白，阿黛尔摔倒了，她正无助地躺在光滑的水磨石地板上。接下来的问题是，她伤在哪里，伤情如何。

她给阿马奇亚打电话。几个月之前他们大吵了一次，从此他与她再无联系。

但是此刻他恰恰接了电话。他马上给奥利维亚一个新号码拨电话，得知她正在超市买东西。

米娅在大楼入口的瓷砖台阶上坐了大约五分钟，浑身发抖。她深知，是她导致了阿黛尔摔倒。这时，奥利维亚惊慌失措地赶回来，每只手提着两大袋从超市买来的东西。她急忙按下了大楼的开门密码。

"我肯定她摔倒了，"米娅用磕磕巴巴的英语对她说道，"我来之前本该先电话通知一下的。"

她们匆匆上楼，奥利维亚打开房门，立即向左边跑过去。但是当她看见阿黛尔空荡荡的床铺时，马上又向右边跑去，手中的购物袋扔在了地板上，口中呼唤着阿黛尔的名字。

阿黛尔躺在客厅的地板上，头脑清醒。米娅问了几个诸如哪里疼痛之类的重要问题。奥利维亚在她的头和脖子下面放了枕头，她呻吟起来。

"不要碰她。"米娅对奥利维亚说。奥利维亚想扶她起来。

"我给你叫救护车。"米娅终于回过神来了。阿黛尔忍住疼痛，在动作允许的程度上，点了点头。

在伊希洛夫医院急诊科，阿黛尔说，她已经两个星期没见到活人了（奥利维亚除外），因此，她只能对着想象中的某个人说话，缓解一下心中的苦闷。最近，她和她 60 年代去世的母亲说过话。

很幸运，她没有骨折，无论胸骨、脊椎、还是四肢。

过了几天，她出院了，然而她与米娅的联系也就此再次中断。但是，终于有一天，米娅断定，尽管前去探望她实在令人生气，但是自己远离阿黛尔的做法也实在有些过分。已经太长时间没有踏足哈马卡比大街与科恩街街角四层的那处公寓了。这一次，她事先通知了那个菲律宾女佣说她要过来。阿黛尔躺在床上，床单依然是白色背景下蓝色花朵优雅绽放的图案。

阿黛尔依然常常因为那次摔伤引起的疼痛而几乎窒息，她的脸朝向天花板，因为任何其他姿势都会引起剧烈疼痛。她身后的墙上，杂乱无章地挂着所有家庭成员的照片——无论死去的还是健在的，健康的还是生病的。

她说："你知道吗？自从在伯明翰做过手术之后，蒂姆娜长高了7厘米。"

"太好了。"这位颇受欢迎的不速之客十分高兴，她延长了探望时间，给阿黛尔讲了以往各种各样的故事，阿黛尔面朝天花板，始终挂着微笑，因为米娅让她回想起了自己曾经的辉煌，想起自己作为一个化学家如何日复一日前往魏茨曼科学院工作，如何带着自己生病的独生女到每一个他们想去的地方——聚会、巴布里乡村俱乐部游泳池、私教课。

一个小时之后，她站起身要走。奥利维亚脸上甚至露出了遗憾的表情。

"你还再来吗？"阿黛尔问道。

"来。"

"你保证？"

"保证。"

"哪怕半小时也好啊。"

但是米娅难得过来。孙女们也难得来一趟。她们俩一个在读硕士，另一个在准备入学考试，而米娅呢——她将永远愧对阿黛尔和女孩儿们。

第十四章　骚乱的春天

法利德·阿姆拉维 10 岁了，与同龄孩子相比，他的个子有点矮。他站在那里，挺直身子，面对吉萨金字塔，注视着这些已经司空见惯的建筑物（第一次见到金字塔，是在父亲的肩膀上）。过去，他曾惊叹这些世界奇迹，但现在，突然之间，他脑海中闪现出对于金字塔内部的思考。他思考的不是金字塔的外表，不是塔内的墓葬，也不是塔内的殿堂，而是那些根本看不见的隐蔽的石头。

沉重的花岗岩填满金字塔内部，无法见到。古代劳工从遥远的尼罗河南部采石场用驳船将花岗岩运到这里。这些花岗岩与金字塔外表的花岗岩毫无二致，只不过后者用于金字塔外表施工，人们便看到了它。而那些填满金字塔内部的花岗岩，几千年来深埋着，几乎支撑着整个金字塔沉重的身躯，却往往被人们遗忘。这些石头遭遇了与它们的同伴不平等的待遇。不平等，永远如此——阿姆拉维认为——就如同这金字塔一样。他为那些遭遇不公默默无闻的石头感到心酸，因为绝大部分游客根本不会想到它们。

在开罗，在父母家里，这个孩子得出了一个无可奈何的结论——空间几何学定理判定：胡夫金字塔、哈夫拉金字塔和孟卡拉金字塔内部，注定永远默默无闻和深陷黑暗。阿姆拉维的大脑与同龄人相比更加开放。正因为如此，无论孩子还是老师，都把他排斥于常人之外，从而给他留下了心理创伤。诚然，他的身高在成长期猛然蹿高了一大截，与平常孩子无异，但是这已经太晚了。

在学校遭到几次排斥之后，为了防止与侮辱自己而且比自己更强壮的孩子发生打斗，他发现了一个能使自己彻底平静并且保持很久的自我保护法。他集中精力，开动脑筋，思考金字塔内部问题，思考看不见的巨大花岗岩石块。这些石块默默地存在，不动不摇，支撑着金字塔——他认同这些石块的伟大。他由此得出结论：坚忍不拔、不屈不挠和奋发努力是它们最优秀的品质，即便它们深藏不露。他把这种品质当成了自己的行为准则，约束自己的饮食起居，坐卧行走。他大部分时间躲在家里研究古埃及历史，很少出门，也很少吃东西。几年下来，他越来越像一只灵活的织布梭子。他表面上冷若冰霜，平静如水，但内心里却狂浪激荡，如同科幻电影中的怪兽，时刻准备爆发。

他发明了一种方法，既可以一人独处，又非常野心勃勃。13岁的时候，他已经成功爬到了大胡夫金字塔的塔顶，在上面写下了日期和时间。在此之前，他尝试过4次，没有成功。这是第5次尝试。

这是春季里的一天，塔下轻风吹拂。而当他登上塔顶的时候，大风吹乱了他黑色的卷发。他把垂在眼前的卷发推到一边，要好好欣赏从上面看到的风景。

他心满意足了，一遍又一遍做着深呼吸，用金字塔顶上的空气充满自己的肺，直到感觉有一点点头晕。开罗大部分地区展现在自己脚下——开罗塔、萨拉丁城堡、电视大楼，还有南部的萨卡拉。他在上面停了很久，才小心翼翼地下来。

他不再往金字塔上面攀爬，不论胡夫金字塔、哈夫拉金字塔还是孟卡拉金字塔，但是他阅读了很多关于这些金字塔的书籍。作为一个与现实生活格格不入的人，他热情地探究埃及的先人，探究他们辉煌的文化。埃及是人类文明的发源地，这一事实令他无比骄傲，因为他感觉自己与这片发源地有着天然的紧密联系。

他十分遗憾自己没有生活在法老时代。在他看来，他非常适合法老的生活，或者他至少非常适合法老王室贵族的生活。他在小学学习成绩十分优异，包括实践课目，所以后来在中学时，他获准在学习普通课程的同时，到开罗大学学习考古和历史。

自然而然，他后来学习了埃及古物学，并且拿到学士学位。当时，以色列和埃及签署了和平协议，而他回应了以色列大使馆一项关于特拉维夫大学奖学金的公告。

不久，他收到答复：给予他两个学期奖学金——住宿加生活费。

阿姆拉维在 20 世纪 80 年代初的特拉维夫，感受到了他以前从来没有感受过的自由。当他回到祖国时，已经可以讲一口流利的希伯来语，并且立即开始为以色列游客担任导游。在那些年，大量以色列人到埃及旅游。他对他们讲的是出色的、字雕句琢的、有些犹豫但绝对标准的希伯来语。他的希伯来语中还夹杂了从以色列报纸上学来的新词以及从以色列游客那里学来的俚语。这样一来，他不仅经济上有了保障，还攒下了一笔钱以备不时之需。

他经常陪伴秘密访问埃及的一两个以色列贵宾以及他们的陪同人员，给他们当导游。

他有固定的游览线路，先是去吉萨金字塔，然后去萨卡拉金字塔，在返回开罗时，去汗·哈里里市场（在那里，以色列人主要买头巾），然后他会带以色列游客去埃及博物馆，最后是许多以色列人眼中的旅游胜地——科普特教堂和位于犹太人区的本・埃兹拉犹太会堂，会堂顶上有藏书阁。这个古老的犹太会堂向以色列人证明，开罗这个古老街区，是属于他们的。

然而，阿姆拉维熟悉《圣经》的《以斯拉记》和《尼希米记》，了解犹太历史上持续几代人的重要论战，所以以色列旅游团里的人自然不会对他有任何反感，因为他们并不了解这些，顶多了解些毛皮，而站在眼前这个面孔酷似安瓦尔・萨达特[1]、讲一口希伯来语的埃及人，却能在说话时夹杂一些他们并不懂的亚拉姆语[2]词汇或者短语，了解"哈西德教派"[3]和"密特纳盖德教派"[4]之间的斗争。

在那些美好的日子里，阿姆拉维出现在形形色色的以色列人面前，在他们踏足的每一个热切期待了解的地方，展现他在人类学方面的知识。犹太人的祖先在埃及世世代代当奴隶时，建造了金字塔。他们自认为尼罗河在某种意义上也是他们的，因为摩西曾经在河上泛舟。他们中不止一次有人神经质地问他，今天的埃及人是不是古代的埃及人，或者说，今天的埃及人是不是在古代埃及人被消灭后，那些骑着骆驼从沙漠来到这里的野蛮部落的人的后裔？

"今天的埃及人是古代埃及人的直系后代。"他反反复复告

---

① 当时的埃及总统。
② 亚拉姆语，古代中东通用语言，与阿拉伯语和希伯来语相近，同属闪米特语系。
③ 哈西德教派，犹太教派之一，主张严守正统宗教戒律。
④ 密特纳盖德教派，犹太教派之一；与哈西德教派对立，主张宗教革新。

诉他们。他还经常将自己的面孔与埃及博物馆里的木乃伊的面孔做对比。

但是，总体来说，他喜欢以色列人，觉得与他们有共同语言，尽管他从来没有见识过像他们那样傲慢自大的人。当然，他们对他还是非常宽容的。他们的傲慢自大导致他偶尔会有疏离与厌恶之感。他学会了区别谁是海法人，谁是耶路撒冷人或者基布兹成员，甚至能区别谁是土生土长的特拉维夫人，谁只是这座城市的过客。

法利德在那些日子的抱怨，在今天看来根本算不了什么。那些日子，他成功地在开罗买到了一处小公寓。起初，透过公寓的窗户，可以看到金字塔，或者看到金字塔的一部分。但是后来，大规模建设把一切都遮挡住了。随着多年来以色列游客的减少，他法利德开始为其他国家游客服务。在所有人当中，他最喜欢犹太人游客。

就这样，他们的生活过去了25年多，如果不是"埃及之春"发生，也许还会继续下去。在解放广场示威游行那些天，一种他从未听说过的肾上腺素流遍他身体。阿姆拉维走出了藩篱，和群众一起挥舞手臂。但是，在2011年11月，他对游行示威的态度发生重大改变。那天，埃及军队对示威者开枪了。一颗子弹擦过阿姆拉维的耳边，钻进跑在他前面的一个人的脖颈，鲜血溅到阿姆拉维身上。他想过去帮忙，伸手拉他一把，但是已经晚了。子弹越来越密，他继续向前跑，抄小路一直跑回家里。

这一切，影响了他的导游工作。他感觉自己的世界观被彻底颠覆，变得更加沉默寡言。他失业了。

这是一段苟延残喘的日子。已经不再有以色列人公开留在埃及，使馆没有，各种机构也没有。其他国家好奇的游客也几乎不再来观光旅游，甚至连阿拉伯国家的游客也不再来。新的"春风"令他们瑟瑟发抖。

这些生活上的改变，导致他身体十分虚弱，甚至躺在沙发上好几天起不来。他要节约每一分钱，甚至已经开始考虑新的消费规划。

阿姆拉维明白，他已经深深陷入"阿拉伯之春"当中，谁知道这个"春天"将要持续多久呢。生活不易，他已经断了再赚几十块钱的念想。曾经可以借钱给他的朋友，如今也开始催他还钱。

自从那次开枪事件之后，他仔细考虑过，到底应该和大家一样继续上街，还是应该单独留在家里的沙发上，透过电视和互联网了解大街上发生的事。

有时候，他听到自家附近大街上有事情发生，之后不久便在电视上或者在社交网站上看到了这些事情的详细报道。

他经常想起那个脖颈被子弹射穿的人。他救不了他，如果他停下来为那个人止血，那么他自己也很快会吃子弹，现在他们两个就都是死人了。决定是瞬间做出的，十分之一秒，没有犹豫，所以他活下来了。现在，他不知道从哪里赚钱养活自己。

他曾经几次试图求助以色列大使馆（大使馆在辉煌的时候充分利用过他），然而大使馆的电话应答机却指示他节日之后再联系。但是放眼望去，根本没有什么犹太节日。

戒烟十年，他又重新开始吸烟。他的头发乱蓬蓬的，常常一睡不起。当他醒来时，竟然不知道自己是谁，只有恐惧、幻灭和绝望。那些天他变得很瘦，仿佛得了一场重病。

开罗动物园建于19世纪，在那些动乱的日子里，动物园里动物也仿佛来自19世纪：毫无生气的皮毛和骨骼，锁在因为太小而许久没有关过动物的生锈的铁笼里。乌龟池的大小和它的龟壳不相上下。干旱、失望和恶臭笼罩着动物园，四周植物凋零，只有树木仍然站立在那里，提供阴凉。往日绿茵茵的草坪，一家家围坐在上面野餐几个小时，如今已经枯萎发黄，少有人气。这些天，大街上枪声不断，没有人会冒着生命危险带孩子去动物园。

这不奇怪，法利德·阿姆拉维进到动物园大门时对自己说。他来这里是因为在互联网上看到一份广告：招聘经理，无需任何经验。于是他拨通了电话，对方让他过来。开始他不想过来，但最终还是决定来一趟。他来了，当场得到了这份工作。他单独一个人在动物园匆匆走了一圈，很难相信这里的状况竟然如此不堪。如同整个埃及一样，动物园也是一片狼藉。

这个神话一般的动物园，早在多年之前已经不再是大型动物园了。笼子不大，动物越来越瘦。年轻的兽医阿布达拉不久前刚刚在意大利罗马毕业，在骚乱的春天之前加入了动物园工作人员团队。一连串的悲剧使他的精神遭到重创。

上任之初，新来的经理阿姆拉维命令做一次彻底的清洁，并且把生病的没生病的动物分开。然后，他在动物园强制实施了一项规定，挂起了早在他儿童时期已经看到过的广告牌：禁止投喂动物。过去，动物园有专职保安巡逻，他们的职责是维持秩序，保证动物只能食用动物园分配的食物。交一点点钱，小孩子可以给猴子投喂一些花生或者香蕉。但是现在这样的保安没有了。自从旧政权垮台之后，动物园来了各种各样的动物爱好者和稀奇古怪的人，向动物投喂他们想到的各种东西。

猴子生病拉稀。鬣狗仿佛为和关它们的铁笼子匹配，身上锈迹斑斑。阿姆拉维还跟在金字塔和科普特悬空教堂做导游时一样，口袋里放着一个笔记本。他一个兽笼一个兽笼巡视，并且记下每一条注意事项。他发现，老虎的皮毛已经浑然一色，骨瘦如柴，丝毫不像一只老虎，倒像一只大猫，只不过不是猫的骨架。还有猞猁，你即使在它眼前挥舞一只死兔子，它也不会稍微动一动。在一个细长的兽笼里，他看见两只雄狮和四只母狮，在促狭的空间里走来走去。四只母狮中两只患上了非常明显的白内障。一只雄狮——如果还称得上是雄狮的话，几百只苍蝇趴在它身上，脚上的伤口正在溃烂，走路一瘸一拐，逼得它发疯。它张开大口吼叫，但却只听到结尾时的一声粗气。灰色的鳄鱼贴在兽笼的玻璃上，对四周的一切视而不见：三块岩石，树丛间的蓖麻。这位经理在它对面站了好一会儿，却看不出它到底是死是活，因为它纹丝未动。最后，他用力敲打窗户，鳄鱼才稍稍移动了一下它的前爪。乌龟池里的水是绿色的，根本看不见乌龟在哪里，除非它划动一下四肢。一条细细的蛇挂在树枝上，恰好挂在中段，身体的一半在这一侧，一半在另一侧。没做深度检查，不知道它健康状况如何。火烈鸟身上的粉红色在囚禁中更加强烈，在这个动物园里几乎变成了红色。这个前导游在笔记本上记下来：立即给火烈鸟和其他动物验血。从街上跑进来的野猫在火烈鸟中间穿来穿去，寻找它们当中今天哪一个更虚弱，可以充作食物。但是火烈鸟很幸运，野猫现在也弱不禁风。

接下来的日子，情况愈发糟糕。城里面，大街上的枪声吓坏了鸵鸟。有的时候，枪声恰恰来自动物园附近的大街。一个枪声大作的夜晚之后，超过一半的鸵鸟死于感冒并发症，但是看来实际上是死于惊吓。那天夜里，大象被子弹打伤，虽然说是伤在表面，但也需要进行治疗。猴子被激烈的枪声吓得四处乱跳。犀牛看样子肚子痛得很厉害。总而言之，法利德得出一个结论：没有别的办法，无论如何要把魂飞魄散的兽医阿布达拉叫来现场。阿布达拉倒是很合作，过了这么长时间，他也愿意从家里走出来，回到工作岗位对他有好处。他回来后，尽心尽力按照自己的想法给动物治病。可是，虽然他每天都来上班，而且工作状态也正常，甚至成功地治好了犀牛的病，但是大约一个月之后，他失踪了，甚至电话也不接。动物园里动物的命运，此时完全落在了阿姆拉维这位前导游——主要为以色列人做导游——一个人身上。他竭尽全力改善动物的生存状况。

一天，在新政权取代旧政权——新政权不久之后也会被取代——的选举之后不久，阿姆拉维站在动物园里，一动不动。他心里充满疑惑，不知道世界秩序到底怎么了。忽然，他的心剧烈跳动。一位苗条的夫人站在小鹿身边喂它们吃东西，远远看上去喂的好像是葡萄叶。她真的是塞莱斯特·萨努阿吗？她母亲是著名犹太社区领袖、91岁高龄才在旧政权倒台不久离开人世的安妮特·萨努阿。多年以来，年迈的萨努阿因为介绍一家妇女援助所加入本·埃兹拉犹太会堂，闹得声名狼藉。她是一个掌控一切的女人，尽管"掌控一切"在希伯来语的本义是"虚弱"。现在，她的女儿也是个掌控一切的女人，这位前导游心想。

他曾经在《金字塔报》一篇关于开罗富人及上流社会的文

章中，见过她们两人的照片。那篇文章指出，这对母女在开罗各处拥有许多房产。早在他在开罗给以色列人当导游时便已经知道，那位母亲手里掌管着那间妇女援助所的钥匙。穿过妇女援助所的墙洞，爬进布满灰尘的顶楼，有一处"密室"。那处密室，价值连城。

在以色列游客参观本·埃兹拉犹太会堂时，他看见绝大多数人没有听说过这间密室，也不知道他们自己的历史。阿姆拉维曾经不止一次想要对他们说，他们是多么无知，多么没文化，但是他不敢。他惊讶地发现，无知并没有导致以色列人失去对本·埃兹拉犹太会堂所有权的欲望，因为拉姆巴姆^①曾经在这所会堂祈祷过。

阿姆拉维思维敏捷，往往在别人刚刚说出几个字，便已经领会他要说什么。现在，他的大脑在高速运转，将一件件事情串联起来。

出现在眼前的是一个身材非常高大苗条的女人，只是盆骨有些宽。她的屁股比较大，但是令人失望的是过于平坦，不够丰满。

这一切都来源于基因。她高大的身材继承了她的父亲塞莱斯特。他父亲在她幼年时离开人世，身高 1 米 91，曾经代表埃

---

① 指迈蒙尼德（1138—1204），中世纪犹太教神学家、哲学家，《密西拿律法书》是其主要著作之一。其头衔及姓名缩写成 "Rambam"（拉姆巴姆）。

及参加奥运会短跑比赛。她继承了父亲的跑步能力，但却不敢在开罗大街上跑，只在家里的跑步机上运动她 1 米 83 的身躯。她的头发梳成马尾辫，跑起来左右一甩一甩的。她较宽的盆骨继承了母亲。她很漂亮，但不像她母亲那样惊艳。她的脸太大，无法表现从她母亲那里继承的面部线条。她母亲十分惊艳的面容在她这里消失了。

她始终因为个子比别人高而感觉不舒服。唉，要是能矮上 20 厘米就好了！

她的手掌也比较大，鞋子穿欧码 43 号的。

她是独生女，因为在她出生之后，母亲安妮特立即决定不再生育。不要再有更多女儿，她可不想在自己家里发生姐妹纷争（她自己有两个姐妹，都搬到马赛，嫁给了富豪）。尽管是独生女，但是塞莱斯特并不娇气。安妮特在家里施行铁的纪律，称为"欧式纪律"。塞莱斯特的父亲多年以前因心脏病去世，但在她还是小孩子的时候，父亲便教育她要爱护动物。他往往破坏妻子的纪律，允许女儿喂食动物园里的动物。

她在父亲去世后，继续喂食动物，直至今日。法利德不敢近距离观察她从手中的袋子里拿出来的是什么，以免惊扰到她。

在最终认出她是谁之前，阿姆拉维实际上曾经想冲她大喊"夫人，禁止投喂动物"，但是当这个女人那张漂亮的大脸转向他时，面对她大大的惨白的微笑，面对她戴在头上系在下巴处的花围巾——这样做是为了给自己的大脸缩小一圈，他反而首先开口尊敬地说道：

"您好，萨努阿夫人。我是阿姆拉维，对您母亲安妮特的去世，我和您一样感到十分悲伤。"

塞莱斯特虽然表情严肃，但内心却十分高兴。终于有人称她为萨努阿夫人了！刹那之间，她心情愉悦，对未来无限憧憬。

"谢谢。"塞莱斯特说道，面部容光焕发。她走路和站立时身体微微前倾，似乎难以支撑庞大的身躯。她用亲手刺绣的手帕擦干净给小鹿喂食的手。

阅读和刺绣可以让塞莱斯特心情平静。她始终感觉自己与现实格格不入。她有一个美丽的花园，她在那里读书，在那里刺绣。她有一株60多年树龄的六枝棕榈树，那是她父亲在她出生几天之后栽下的。

"谢谢你的慰问，"她略带勉强地说道，"对不起，我不记得你了"，她无缘无故地道歉说，"我母亲去世后来过太多人。"

她比他高一个半头，不可能把头砍掉。有生以来，她这个头一直把她和其他人隔离开来。在她看来，正是这个头，导致她不能结婚，不能生孩子。男人不喜欢女人比他们高，母亲始终这样对她说。母亲说的对。慢慢地，从大约10岁开始，塞莱斯特度过了漫长的自我否定过程，她严厉的母亲预言的一切，都变成了现实。

在她二三十岁的时候，母亲尝试给她介绍对象，她与男人有过几次可怕的交往，给她带来负面影响，导致她没有出门工作。而在家里，保姆包揽了一切家务，她靠读书和刺绣打发日子，如果需要的话，她还自己做衣服。睡觉的时间远远超过她的实际需要。不论在刺绣的时间，还是在不刺绣的时间，她的大脑始终在工作，因为她始终在阅读某一本书。这么多年下来，有什么书没有看过呢？她熟悉意大利、法国、俄罗斯和美国的所有文学名著。她有一个巨大的图书馆。她既看翻译成阿拉伯语的书籍，也看没有翻译的意大利语书籍，她从小就懂意大利语。她们的图书馆非常漂亮，装着玻璃门，图书馆里的每一本书都包着透明塑料书皮，以便长期保存。

优雅的绣工，是塞莱斯特直接从母亲那里学来的。所以，他们俩很多次坐在电视机前面，各人手里忙着自己的刺绣。近一段时间，她正在一块黑色绸缎上绣从网上下载的花卉图案，然后缝制漂亮的枕头，纽扣隐藏在枕头的皱褶里。不言而喻，她不仅是手工刺绣大师，还善于使用刺绣机和缝纫机。今天，她已经通过网络从法国订购了针线，两昼夜之后即将送到。

塞莱斯特在她大房子之外居住过几年，住在开罗市自己的公寓房里。但是最终，当她母亲80岁高龄时，她回到了这所大房子，以便在她生命的最后几年里陪她度过——她这样对自己解释。

无论母亲安妮特还是女儿塞莱斯特，都与以色列国没有任何往来。相反，她们严格避免同她们沙漠另一端的兄弟接触，避免同他们在开罗的代表接触。收到大使馆寄来的庆祝以色列节日的邀请函，她们会立即扔到垃圾桶里。在她们眼中，她们是埃及犹太人，属于埃及公民。

"禁止在这里投喂动物。"经理最后说道。

"你在这里工作吗？"塞莱斯特问道，然而她并不期待他的回答。"对。禁止投喂动物。"他指了指字迹模糊的警示牌。"但是怎能不喂呢？可怜的动物。你看它们成什么样子了。"

"动物园工作人员会喂它们的。"经理机械地说道，继续跟在她后面走着。当她把剩余的碎肉扔给鬣狗时，看到鬣狗伏在上面的样子，他沉默了。塞莱斯特又给鬣狗喂了些切成段的鸡脖子。阿姆拉维感到头痛。鬣狗第二次扑向扔给它们的食物。

"它们快饿死了。"塞莱斯特说道。

"看来今天忘了喂它们。"法利德试图解释。

他马上发现触及了她心灵的弱点以及她对爱和认可的巨大需求。他决定不与她争论。

直到此时，他才自我介绍起来。自己本来是个导游，因为这些日子没有游客，所以现在担任动物园经理，这些动物应该有人照料才行。

她看上去至少比他大 10 岁，也许更多。她应该在 60 岁以上比较合理，但是身材依然保持得不错。她的身高把他比了下去。起初他搞不清她是否已经结婚，但是随后他意识到，如果她已经结婚，她的丈夫不会允许她在这些日子单独到动物园来的，即便她十分想念这些动物。

"我会调查今天是不是喂过这些动物。"他说道。说着，他拿出他的老式诺基亚手机，准备打电话，用他权威的语气发出指示，但是他发现手机没电了。于是，他跟她说了声再见，回他的办公室去了。

那天晚上，他没有像往常一样待在家里，而是走到大街上，看一看街上在发生什么事，在哪里发生的。大街上，即便在主要大街上，静悄悄无声无息。他悠闲地踱着步，心情不错，轻松愉快，满怀希望。继续向前走，他发现自己可能不知不觉爱上她了。他落入了她的情网。虽说这张网有些疯狂，那又能怎么样呢？他对生活也有些厌倦了，恰在此时，他发现这件事对自己有利，因为她已经不能生育了。也就是说，她不能把他扔到"垃圾桶"里去。

他今天看到，她那双眼睛又大又漂亮，放射出冷峻的愉悦的光芒。阿姆拉维心想，从她身上可以看出，在生活当中，她的心曾经几度破碎，所以，她冷若冰霜的态度不会吓到他。世界在变，他对自己说，对别人的期待应该更少一些。

大约每周一次，塞莱斯特到动物园投喂动物，有的时候还会戴着一次性手套，不过一定会在离开之前脱下来。有一次，她竟然给狮子背来了烤肉串。狮子瞬间吃光了烤肉串，其中一只张开大口想要吼叫，但最终仍然只是从喉咙里发出一声叹息。她给小鹿带来大米，给猴子带来坚果。直到有一天，她仅仅从屠夫那里给肉食动物带来鸡脖子，给其他动物带来玉米片，法利德吃惊地注意到这个变化，这或许证明她的经济状况正发生某种改变，或许只是因为在互联网上看到了什么而任性为之。

不久，又一个血腥的日子出现了：她的会计师被打死。那天，街上发生示威游行，抗议前几次大选的合法性，游行过程中，一颗步枪子弹打中会计师。塞莱斯特再次遭受打击。她还没有从母亲安妮特去世的打击中缓过来，现在忠诚的会计师德尤尼斯又死了。她不再出门，甚至连动物园也不去。在同一年里，先失去母亲，再失去忠诚的会计师，在她看来，对一个人生本来就不太美好的人来说，极其恐怖。

她解雇了女厨和园丁，因为不想让他们每天看到自己。他们在场，某些时刻会令她不安，比如自己想睡觉，园丁却要侍弄花花草草。她只留下了清洁工科普特，一周打扫两次房子，每次扫一半。她开始有了新的恐惧，特别害怕拆开寄到家里的信件。实际上她是害怕处理那些公文，结果越积越多。一直以来，都是她母亲处理账单和财务，然后马上交给德尤尼斯去办。多年以来，安妮特一直在女儿耳边称赞德尤尼斯，而塞莱斯特现在也在念叨：德尤尼斯，德尤尼斯，德尤尼斯。

但是德尤尼斯没了。会计办公室一片混乱。能在这样的日子调动过来帮忙的好朋友，她塞莱斯特一个也没有。几个犹太社区令人讨厌的人，只把她看作与安妮特连接的桥梁，而不是看重她本人。随着她母亲去世，那些人也消失得无影无踪了。

一天——从这天起天气不再炎热——塞莱斯特突然再次出现在动物园，用塑料袋带来一些鸡脖子。她含着眼泪对法利德说，她的会计死了，随即她从手袋里取出太阳镜。法利德不知道她昂贵的太阳镜会不会也是光学镜片，会不会是她亲自从瑞士带来的。

那一次，她一个兽笼一个兽笼挨个走遍，他向她介绍了他所做的改进。而她则告诉他，她终于把母亲的遗物从家里统统清空了。他心里说，她一定有一个心理医生，因为这是心理医生的指示。

塞莱斯特不记得最后一次真正喜欢一个男人是什么时候了，她在这方面能力不强。她曾经的恋爱实际上是笨拙的而且是不被接受的。比如说，有些年，她精神上依赖着开罗大学某个讲哲学的教授。那个教授是个已婚人士，她在上学期间认识的。然而那个教授根本不把她放在心上，尽管她年轻漂亮。他常常出现在她的梦中，而她不得不止步于此——直到失去对他的兴趣。确实，作为一个埃及犹太女人，她精神上青睐的男人大多数是不可能得到的。他们大部分在大海的另一边，例如她和安妮特在科西嘉度假时遇到的一个人。她曾经在精神上追求他两年之久，直到他从她大脑中消失，她重新回到自己的生活中。

如果她答应了她的母亲，她早已结婚生子。但是她在 18 岁时，依靠自己的力量，冷静地失去了童贞。在此之前，她母亲给她介绍了一个 32 岁的摩洛哥犹太商人，这个犹太商人想得到一个犹太人处女。

在这里，站在这个在动物园工作、具有古典脸型的埃及人身边，她奇迹般地感觉到轻松自在，没有与一个男人单独相处的感觉。也许这是因为他真正的职业是导游的缘故。塞莱斯特注视着他，希望自己是他的一个游客。她以为自己已经无药可救，但是他却点燃了她生命的火焰。突然之间，她希望一天当中能有个朋友与自己待上几个小时，当作一个遮风避雨的地方。这个地方不会像母亲主宰一切的时候那样，给她带来太大的压力。坦白说，在开罗，一个犹太女人需要有人来保护。但是她到底需要他什么呢？为什么这个埃及人会燃烧她的脸颊？她脸红了。

"忽然又热起来了，"阿姆拉维说，"之前很舒服，我本来觉得，有点小风的舒服日子已经开始了。"

"我跟你想的一样，"塞莱斯特说，"突然又热了。这些动物好可怜，真的。"

汗珠从他额头上滚落下来。她瞟了他一眼，又一次看见一副古埃及人的面孔。这种面孔她在学校课堂上学过，作为中学生，在参观埃及博物馆时也不止一次见到过。

"这种天气，你怎么过呀？"阿姆拉维仰头看着她的脸，问道。

"上帝伟大。"塞莱斯特说。

但是他坚持想要知道，日常事务谁替她打理。她告诉他，会计办公室有人把她的业务交给了一个年轻人，一个新来的。

阿姆拉维皱起眉头说道：

"不好，你的事交给一个新来的人，不好。你怎么知道他能不能胜任？"

他希望，塞莱斯特的孤独会将她推入他的怀抱。他的孤独早已经令他精疲力竭。

等到这种状况出现时，时间已经过去了很久，比他预想的长出很多。孤独的窘境没有帮到他，反而是另外一种窘境帮助了他。塞莱斯特收到了这个撕裂的国家寄来的财产没收通告。她已经把收到的所有邮件扔进了垃圾桶，因此遭到报应。

"你不知道我在经历什么，"她面对养着小鹿的笼子对法利德叙述说，"办公文件放在门口，账单一堆又一堆，封着口的信封放在抽屉里。母亲死后，在德尤尼斯还活着的时候，我把所有邮件转给他，看都不看。但是我现在不能把所有邮件转给一个我不认识的新人。德尤尼斯的死让我措手不及。"

"这对扔给一个新人来说的确不合适。"阿姆拉维微笑道。他重新在塞莱斯特的脸颊点燃了一团火焰。

小鹿聚拢到她跟前，她却忘记了喂它们。

走到长颈鹿旁边，塞莱斯特已经告诉他，由于一些本该支付但她并不知晓的账单，她的财产将被没收。她正陷入一堆官僚文件之中，她需要一个愿意为她跑路的正常人帮忙。

塞莱斯特当然不是傻子，她考察过他。她让他去整理拖欠开罗市政府的债务，他处理得干脆利落，效率高而且爱学习。她当他面拉开抽屉，让他看看，自从她母亲去世后，她收到了多少邮件却没有打开过。刚开始，他沉默不语，但是后来出于好心，他同意把这些邮件拿回家，在三天之内浏览一遍，告诉她哪些重要，哪些不重要。

简而言之，在65岁的时候，在她的会计师在示威游行中被杀死三个月之后，塞莱斯特任命阿姆拉维担任初级账目管理人，按月私下给他发工资，数额稍微有点低，但是对于他来说，这是个美好的开端，是对动物园薪水的补充。他已经明白，值得在她身上投入时间和精力，因为她坐拥一座金矿。他自己根本不敢想象她是多么富有，不是埃镑也不是欧元。他知道自己并不了解全部。他估计她在日内瓦有账户，里面有很多钱。他知道，在电影明星居住的开罗高档街区，她有三处房子；有一处厂房，一个阿布扎比人仍在支付昂贵的租金；更不必说妇女援助所的钥匙，单此一项，即可能是无法想象的数目；谁知道还有多少金钱在更多账户里流动。

时间不长，塞莱斯特判定，她可以信赖他，因为她不仅不愿意像她母亲一样多疑，而且还把他的一些特质做了综合考量。她得出一条决定性的结论：此人可靠，也可能他真的可靠。他对法老时期的埃及历史了如指掌，从没有对她隐瞒，这给她留下深刻印象。事实上，她是唯一一个愿意听他一遍又一遍讲述埃及历史故事的人。她从来没有学过希伯来语，而且她不需要学习。

他们在皮毛发灰的黑色老虎兽笼旁边接吻了。在这个不长也不短的接吻之后，她走了几步，似乎要与他拉开距离，一个大写的尴尬。大量血液流到她的面颊，致使她满脸通红。

那天午后，他那辆蓝色的旧车停在了种着埃及棕榈树的别墅旁。他走进去，表现得体，堪称楷模。他喝下了她为他冲泡的美味咖啡，没有强迫她上床。除此之外，他还帮她整理了一晚上文件，用她母亲的活页夹将文件分类归档。他可以毫不困难地分辨她手写的字迹。工作到深夜时分，他才开车离开。

塞莱斯特越来越爱他了，无论他们何时见面，都无法形容她欲望的浪潮。需要很长时间，她的心跳才可以恢复正常。她希望他能在她需要时随时出现——她是一个有钱有闲的女人，她需要一个天使在这艰难的世界保护她。

最初几次堪称完美。她轻松地缴械。这一切拜托黑暗和匆忙，有种犯罪感。他们之间有良好的化学反应，但是与她的想象相比，他需要更加努力。

然而有一天，是星期日，兽医阿布达拉去世了，阿姆拉维没有接电话，因为整个上午他都在忙于葬礼的安排——动物园不得不出钱安排；然后又和几个动物园员工去参加葬礼，葬礼过程中他不能接电话。

塞莱斯特因为打不通电话而心情很糟糕。她意识到，自己需要新鲜空气，换换脑子。她从来没有带男人进过她母亲的家，很多事情她应该想一想。

被投入监狱的前总统，因为健康原因出狱回了家。曾经有人认为他该判死刑。慢慢地，大家明白了，新总统也不是大家都拥护的。于是开始新的变革。大街小巷比以前更加危险。塞莱斯特没有去动物园，也没有接电话。法利德在留言机上给她的留言，统统没有回复。他十分生气，但是仍然耐心等待，等待月末的到来。到时候，她肯定会积攒一大堆事情需要他处理。

果然，到月末，他被叫到她家。他们在阳台坐了三个小时。她给他看了一摞又一摞他和她之前都没有见过的档案。大多数文件是阿拉伯语的，有一些是英语的和德语的——这些是瑞士的账单。他带来了一台有纸卷的计算器，他们开始工作，计算。

他集中精力，认真地计算着。塞莱斯特不敢破坏这严肃的气氛。

"有很多人欠你钱，你知道吗？"他问她。

从此以后，他变成了她的收账人。有几次，他成功地用为她追回来的钱，弥补了一年的亏空。无论他走到哪里，只要拿着从她那里得到的授权书，现实中的大门和电脑里的文件一定会向他敞开。他有充分理由把那些文件下载到自己的笔记本电脑里。他的笔记本电脑有一个窗口，与动物园摄像头连接，这样一来，他可以随时了解动物园的情况。

站在面前的这个光头男人，真是上天送来的一份大礼，塞莱斯特想。现在，根据他所做的一切，她已经开始按月付给他相当合理的报酬，而且不是私下支付。他站在她身边，随时听她调遣。他们一起商议，一起做决定，当然，一切都是轻松愉快彬彬有礼地完成的。到最后，她终于有了一个男人，而且这个男人还能告诉她，接下来应该做什么。他所说的"我们"，指的就是"她"和"他"。

但是不久之后，他们的世界再次发生震动。又一次变革发生了，然而这一次，新变革的反对派声称，他们的总统才是民主选举产生的。军队向反对派发起攻击，杀死了 51 个反对派。阿姆拉维支持现在夺取了政权的一方，然而这场屠杀令他十分恐惧。军队向反对派示威群众开枪八天之后，他带着他的笔记本电脑离开家，从此销声匿迹。他是不是在枪战时中弹身亡，作为无名人士被埋葬了？塞莱斯特一次又一次前去警察局查询，但是没有人找到他，人们不知道他的命运如何。也没有人知道，是否每过两三个月，会有一笔钱从她某个远方的银行账户里被别人取走；不会知道的，因为她自己根本没有察觉。

第十五章　露西娅

露西娅真实而完整的故事，谁也说不清楚。但是几件关于她的事，还是可以说明白的。她的豹纹鞋，买自特拉维夫市政府和拉宾广场对面的列王大街一家商店，她常在那家商店做美甲。在她年满五十岁时，在经历过许多麻烦之后，尤其是在经历了难以承受的麻烦之后，她搬进了赫恩大道一处原本为二室一厅的公寓。公寓改成了厨房与客厅相连的一室一厅的套间。她在那里生活了总共不到两年。

在最后的日子里，尽管她出生在布宜诺斯艾利斯，会说西班牙语、葡萄牙语、英语、法语、意大利语、一点点梵语和流利的希伯来语，但她却认命，要讲阿拉伯语，总是轻轻地用她低沉沙哑的声音说："真主伟大。"

实际上，当得知自己的病情之后，她便迷上了宣礼调。她尤其喜欢沙漠里穷乡僻壤的宣礼调，是宣礼调帮助她忍受了孤独死去之前的寒意。很快，她熟悉了各种各样的变奏演唱：撒哈拉沙漠穷乡僻壤的宣礼调，煽动暴乱的狂热宣礼调，平静但却偶尔冒泡的日子里温和的宣礼调，等等。

当她离开她那间公寓不再返回时，她打开了所有的灯光，让灯光整日整夜点亮这间公寓。直到她去世后，她的精神科医生朋友才过去，熄灭了这些灯。

在她临死前的每一天，所有灯光日日夜夜从不熄灭。

入院治疗的第二天，她叫来理发师，在做放化治疗和佩戴假发之前给她剪发。理发师的名字叫杰基，他给她剪了一个短发，说适合她戴假发。在这个国家没有人能和你比——理发师这样说过好几次。

她住过的公寓空了7个月，房东——一个波兰女人，她还有一间生意兴隆的咖啡馆——才把它再次成功地租出去。

她的死亡过程经历了四天。两天有意识，两天没有意识。每一天，每一次呼吸，都伴随着痛苦的呻吟。在前两天，她仍然有意识。睡在她旁边的俄罗斯老妇人请求她不要关上两人之间的围帘，不要把她推到旁边去。但是露西亚拒绝了：

"不行。我请你的时候，你再过来。"

在这种时候，她仍然把控着局面。她的意识常常恢复，恢复意识时她会问值班的阿根廷医生，在她意识模糊的时候发生过什么。她和卷发的医生讲的是西班牙语。有时候，说着说着，她又失去了意识。

露西娅是个充满欲望的人，喜欢美食、性和香水。她崇拜精细的复合型香水制造者。这种香水在不同季节的一天之中呈现不同的香味，或者在不同季节有相应的香味。她深入研究过她感兴趣的每一个话题，甚至研究过梵语及其词源和语义与自己知道的各种语言之间的联系。做完这些研究以后，她开始深入研究香水世界，并且购买了塞格·卢顿的香水，例如 Fleurs de Citrionnier（柠檬花）。

"香水的香气有着金字塔一般的复杂结构，因此不允许喷洒或者用手涂抹，而应该点喷到需要的地方然后离开。如果涂抹的话，会严重伤害金字塔的塔顶，香水会变得扁平，不能在一天中伴随女人进化。"她警告说。

在她的电话留言机中，她用西班牙语低沉而优雅地说：5440908，请在嘀声后留言。

在 12 岁时，她浏览了《犹太百科全书》。这件事在她强大的自我意识中，造成大陆板块冲撞，要求她采取相应力度的行动。因而，她单打独斗，说服了家族一个完整支脉，拔除在布宜诺斯艾利斯的根基，移民到以色列。在以色列，在巴特亚姆和哈达西姆，她的幻想破灭了，但是她没有绝望，继续按照她对《犹太百科全书》的理解，用逃离法西斯和犹太人复兴的历史，来激励已经与阿根廷首都断绝联系的这一支脉家人。

在以色列，她始终在探究——她睁大眼睛，了解各种关系和环境，投身各种古典的和非古典的精神分析，始终坚持探求真理，研究周围究竟在发生什么，自己处在什么位置。首先，她自己错在什么地方。其次，其他人在什么地方混淆了本质与垃圾。她用很有把握的语气对很多人，包括她的家人，说过她的结论。在逾越节上，她除了准备逾越节果酱之外，还准备了西班牙语的分析材料，尤其要在新年年夜饭和逾越节晚餐的时候，分发给家里人。有的时候，时间或短或长，她也会迷茫，但是她始终坚持不懈。这时她的朋友才明白：露西娅了解人类特性的"某一点"，或者说是自然与神的特性。现在，她正沉迷于一个全面的自我审查，审查自己在民族精神、神话和感伤面前暴露的一切。

最终，当所有警报似乎只是后方司令部的演习时，真正的警报到来了：乳腺癌，包括胸骨肿胀——心脏脉轮[1]也在那里——和肺部转移。肺部转移的情况最好不要说。

她请求米娅给她讲笑话，于是米娅模仿露西娅与英国男友查尔斯打电话，问他那边天气如何。她还模仿露西娅广播天气预报，一次又一次地说，以色列寒冷的冬天，从英国角度来看其实是夏天。两人笑得打滚。露西娅捂住她疼痛的胸口说：太

---

[1] 脉轮之说源自印度，认为人体内藏有七个脉轮，分别是海底轮、脐轮、太阳轮、心轮、喉轮、眉心轮、顶轮。每个脉轮掌管不同的能量中心，激发肉体与精神的交互作用。

棒了，太棒了。再给我模仿一个，求求你。

米娅为她模仿了她能够模仿的所有人，而且有些夸张，主要是为了让她释放在胸骨底部积聚的压力。

临死前一个月，她去英国参加关于最新上市的香水的研讨会。在那里，她的右眼失明了。回到以色列后，她做了一个CT，结果表明整个脑部发生癌转移，还有肝和肺。但是露西娅断定，尽管如此，自己依然处于健康人范畴。她一支接一支吸着百乐门牌香烟，走进咖啡馆里，要了一杯双份浓缩咖啡，用手机给过往的行人和坐在咖啡馆里的顾客拍照。

只是在她住进伊希洛夫医院第二天，在杰基到病房给她剪短了头发——不算太短——之后，她才明白，自己要死了。当听到周围亲属在与医生讨论私人临终关怀医院和公立临终关怀医院的价格差异时，她朝死亡的方向加速逃去。

自然分工，她的哥哥忙于葬礼和下葬之事，而她重量级的精神科医生朋友负责整理她的私人物品，包括衣物、香水及所有化妆品。露西娅和米娅在网上以种种奇特的组合购买化妆品——她们俩没有信用卡，国内的国际的都没有，需要与有信用卡的第三方合作。第三方同意在跨国交易上帮助她们，换取更顺利地进入天堂。露西娅告诉那个第三方说，他是在为她们做慈善，造物主可能会因此而奖赏他。

精神科医生一头乱蓬蓬的长发，面容红润，戴一副圆眼镜。

她擅长以极其专业的方式平静地与发狂的病人沟通，因为她毕竟取得了伊希洛夫医院的终身职位。她经过分类整理之后的结论是：露西娅的59个生前好友，每人取走一件香水仍然还剩下太多。好吧，她还要强忍痛苦，帮助露西娅的哥哥。他们不得不迅速腾空那间公寓，因为她的亲戚不愿意再支付即将开始的下一期租金。

无可辩驳，主要的脏活累活都是她哥哥嫂子做的。只是临结束之前，按照精神科医生的吩咐，米娅过来，给自己喷洒了露西娅最后一次伦敦之行带回来的一种浓烈的香水。当她拉开抽屉的时候，惊讶地发现，满满一抽屉香水还没有打开纸盒包装，整整齐齐摆在里面，足够再用10年。她的目光突然转向阳台的烟灰缸，上面有一根露西娅点燃的香烟，按照习惯放置在烟灰缸里，直至剩下一段细细的圆柱体烟灰。

她又打开一个抽屉，里面也是香水，香水旁边是促进皮肤再生和使面部不同部位产生不同光泽的妆色，各种化妆粉，香奈儿防干燥和增加天然粉红色的唇膏。

她打电话给露西娅的精神科医生好友，问她怎么处理所有这些衣物和香水——这些衣服和香水充分证明，露西娅没有想到自己会如此之快地死去。精神科医生朋友呜咽着接了电话，告诉她说，任何东西都不要动。如果米娅想要的话，可以拿走两三件香水和样品以及几件衬衫，但是不要拿那件，不要拿那件，也不要拿那件。求你，求求你，也不要拿那件。但是你拿走那件在伦敦大减价时你们一起买的黑色外衣吧，她不能见到它。此时此刻，相对于她自己来说，相对于一个精神科医生来说，她已经变得十分多愁善感。

头七那天，开放大学教授来了。不久前，他已年满 75 岁。70 岁之前，他半年在以色列，半年在新泽西罗格斯大学。70 岁之后，他决定只在以色列居住和搞研究。露西娅整个患病期间，没有他的消息，更没有在她临死时出现，毕竟他有了另一段爱情。头七这天，他来了。他走进敞开的大门，和她哥哥握了手。她哥哥对他非常尊重，鞠躬致谢，她嫂子也微微有些颤抖。毕竟他是教授，还获过很多奖。他坐在沙发上。沙发套是露西娅在宜家买的。她买了两次，因为第一次米娅失误把咖啡洒在了上面，污渍没办法去除。教授向她全家也向她年迈的父亲表示哀悼后，匆匆离去。

因为她是在冬季去世的，所以他顺理成章地身穿黑色长款羊毛大衣，脖子上系着黑色羊毛围巾，头戴黑色贝雷帽。在退休之前，他在耶路撒冷许多年，又在曼哈顿许多年（当年他在新泽西教书），所以会戴黑色贝雷帽。

为了换取他的爱，聪明而大方的露西娅为教授厚厚的书籍贡献了许多宝贵的建议。在如何对待他的问题儿子和疯狂妻子方面，她也提供了宝贵的建议。虽然说最终他离开了他妻子，但一开始还是打过她。在他的书籍和他的生活里，深深融入了她的许多思想，不可能用任何东西将它们清除。

但是有一点可以保证：当教授在开放大学开始一段婚外情时，他首先要确保这段恋情是稳固的，然后才会寻找质量上乘而且大减价的安全套。

在曼哈顿时，他走进一家连锁药店，在"买100赠25"的活动中购买了125个优质安全套。

教授和露西娅每次做爱时，他们都会躺在放在她家地板上那张薄薄的二手床垫上。露西娅会给床垫铺上以某种方式获得的昂贵的床单，在他到来之前，她会喷洒与季节相配的香水。

教授在这个床垫上和她度过了5年，从来没有想过要为她买一个更厚实一点的床垫，或者说一张真正的床。床垫没有妨碍他，也许他甚至更喜欢这样做爱。

露西娅为他奉献了很多，他也为她奉献了一次：两尊卡迪什曼①的雕塑作品，很重。露西娅在英国期间，这两尊雕塑，米娅为她保存了一年。在两人的关系结束之后，她到英国去，是为了疗伤。

有一次，在去英国之前，教授在大减价时买的安全套破了，露西娅怀孕了。他们经历了两个星期的喜悦（从她这方面）和多次讨论（从他这方面）。教授想让她堕胎，而露西娅想要孩子。

---

① 卡迪什曼（1932—2015），以色列著名画家和雕塑家。

生命之钟嘀嗒作响，她已经马上要到 40 岁了。

在那两个星期里，她家里的电话整天响个不停。每次自动应答机里传出露西娅的西班牙语电话录音时，教授便会装作不懂电话应答机是怎么回事的样子，一直"喂""喂""喂"……直到录音时间结束。

每当她拿起电话回答时，他就会冲她尖叫，让她打掉那个孩子，说她正在毁掉他的生活。至于孩子，她没办法把他养大，因为他不会供养她的。教授当然不会供养她，也不会供养孩子。

"你有什么？我给你的两尊雕塑？"他曾经这样对她说。

在他语言的狂轰滥炸之下，她自然流产了。这项工作由一个妇科医生完成，他曾于 20 世纪 80 年代在特拉维夫大学精神科医师指导下学习医学。

头七这天，精神科医生和保守的拉康精神分析师也来了。在医院需要平静的时候，精神科医生知道怎样把人捆起来，她拥有最终决定权。露西娅的精神科医生朋友，与露西娅的精神分析师和精神科医生同事之间，保持着明确的分界线。在露西娅的葬礼上，她们虽然相邻坐在一起，但似乎已经相互厌恶了许久。

精神分析师和教授一样，在露西娅病危时没有过来。显然因为死亡不在她的分析范畴。在一个人失去意识之际，或者脚穿豹纹鞋无可逆转地进入医院之际，分析便结束了。除此之外，露西娅死前两年，在获知她已经病情严重的那个星期，说到此事，精神分析师对米娅（当时她也是她的患者）说，这真的是她第二次陪伴一个即将死去的患者。她一只眼睛流出了眼泪，另一只眼睛只是发红而已，没有挤出眼泪来。

每个人都可以根据默认的界限和权限找到适当时机前来吊唁，或者不来吊唁。例如一个女诗人，长着一副上帝应该禁止的面容，她的眼睛仿佛是从电影"光芒"中摘下来的，装模作样。露西娅曾在咖啡馆为她编辑诗歌，曾经是她生活的动力。但是，她根本没有照面，既没有出现在葬礼上，也没有出现在头七这天。当米娅问她为什么保持距离，不来吊唁时，她的回答是："这能让死者活过来吗？"

露西娅居住的楼房，临街一面有八个单元。所有窗户的玻璃，经过外部装修后完全一样。露西娅那个单元的窗户，一次又一次沾满城市的灰尘，还有赫恩大道无花果树上的蝙蝠唾液。房东雇来的维修保养人员擦拭了一次又一次。

房东这次的要求非常坚决。在最后一名房客迅速而神秘死去以后，她寻找的是 40 岁以下最好 35 岁以下的不神秘的房客，要有知名大公司漂亮的工资单拿来看。

当露西娅进入大楼并且以现金预付一年租金的时候，严厉的房东相信，她很幸运，遇到了一个至少十年没有见过的优质房客。可现在你看，仅仅过了半年，她在 52 岁的时候便死去了；死的时候看上去精神焕发，美丽动人，状态根本不像常人那样，先是经过一系列重症治疗，然后长时间靠轮椅行走，菲佣跟在身后照料。

然而，现在房东发现，她很难找到她喜欢的房客，因为那些对房子感兴趣的人，一听说前一位房客不是寿终正寝，便以为也许墙壁有什么问题，也许是报应，或者也许是因为迷你中央空调系统的问题。于是都逃跑了。

房东在特拉维夫最好的几条大街——赫恩大道、以玛努埃尔大街、苏汀大街和查特琳大街——有多套房子。她还在大卫王大街有一套顶层豪华公寓，那里她自己住。那个维修保养人员已经为她工作了 20 年，负责所有公寓的维修保养。尽管如此，他并没有按月从她那里领工资，而是给她打零工。

终于，大约七个月之后，房东找到了一个新房客。在她看来是个完全正常的小伙子，衣着得体，身体健康，不胖不瘦，在大公司有一份稳定的工作，工资单很漂亮。诚然，他没有像她一样用现金支付房租，但是同样以支票预付了一年。房租比她预期的高。

但是事实很快证明，不可能获取新房客的任何信息。毫无疑问，他也不想别人了解他。临街房子里的房客，大多喜欢赫恩大道的阳光夕照、绿树成荫和没有遮挡，然而这个房客来了却相反，他挂起了从房顶垂到地板的奶油色罗马式窗帘，而且始终垂到地板上。

此时情况再明白不过：房东从一开始便给自己找了一个活死人。

聪明，洞察一切。在露西娅身上，有太多的生活，太多的好奇心，太多的热情和创造力——而最糟糕的是，丰富的知识在她大脑中建立了新的关联，导致她过于清醒，让所有听她说话的人都会觉得，自己对生活简直一无所知。无论谈到世界上什么话题，她都可以滔滔不绝地讲一番，并且喜欢与每一个愿意丰富自己的人分享这些知识。她甚至照亮了房东的眼睛。

5 号公寓很长时间不需要更换房客了。这间公寓需要某个有丹田之气的人，而现在它已经有了。现在，房东可以平静地睡觉了。新房客顶多会叨扰她的维修保养人员，毕竟她为此向他支付了报酬，而他也很听话，她让他干什么，他就干什么。

京权图字：01-2019-0249

图书在版编目（CIP）数据

回归以色列：一部埃及犹太人的小说／（以）奥莉·卡斯特尔－布鲁姆著；王建国
译. -- 北京：外语教学与研究出版社，2021.4
  书名原文：The Egyptian Novel
  中国—以色列经典图书互译出版项目
  ISBN 978-7-5213-2589-8

  Ⅰ．①回… Ⅱ．①奥… ②王… Ⅲ．①长篇小说－以色列－现代 Ⅳ．①I382.45

  中国版本图书馆 CIP 数据核字 (2021) 第 072989 号

出 版 人　徐建忠
项目策划　彭冬林　徐晓丹
项目统筹　徐晓丹
责任编辑　徐晓丹
责任校对　于　辉
封面设计　水长流文化
版式设计　孙莉明
出版发行　外语教学与研究出版社
社　　址　北京市西三环北路 19 号（100089）
网　　址　http://www.fltrp.com
印　　刷　紫恒印装有限公司
开　　本　650×980　1/16
印　　张　12.5
版　　次　2021 年 5 月第 1 版 2021 年 5 月第 1 次印刷
书　　号　ISBN 978-7-5213-2589-8
定　　价　39.00 元

购书咨询：（010）88819926　电子邮箱：club@fltrp.com
外研书店：https://waiyants.tmall.com
凡印刷、装订质量问题，请联系我社印制部
联系电话：（010）61207896　电子邮箱：zhijian@fltrp.com
凡侵权、盗版书籍线索，请联系我社法律事务部
举报电话：（010）88817519　电子邮箱：banquan@fltrp.com
物料号：325890001

记载人类文明
沟通世界文化
www.fltrp.com